天女と夜叉

北町影同心 8

沖田正午

時代小説

二見時代小説文庫

目次

天女と夜叉《やしゃ》――北町影同心 8

天女と夜叉《やしゃ》――北町影同心8・主な登場人物

音乃《おとの》……北町奉行所同心巽真之介《たつみしんのすけ》の未亡人。義父と共に影同心として事件に挑む。

巽丈一郎《たつみじょういちろう》……「鬼同心」の異名をとっていた真之介の父。音乃の義父。

律《りつ》……真之介の母。音乃を実の娘のように思う。

源三《げんぞう》……丈一郎配下の目明《めあか》しだった。十手返上後も巽家のために働いてくれる船頭。

榊原主計頭忠之《さかきばらかずえのかみただゆき》……北町奉行。音乃と丈一郎を直轄の影同心とし、密命を下す。

梶村《かじむら》……北町奉行所筆頭与力。奉行の命《めい》を音乃と丈一郎に伝える。

井上利泰《いのうえとしやす》……道中奉行を兼任する大目付。音乃の父の奥田儀兵衛《おくだぎへえ》はその配下。

井上春菜《いのうえはるな》……婚礼を間近に控えた井上利泰の三女。

若月依近《わかつきよりちか》……出世欲の強い勘定奉行。

若月依貞《わかつきよりさだ》……若月依近の次男。井上春菜との婚約が整うが……。

中村雪弥《なかむらゆきや》……中村座の売り出し中の若手人気役者。

長八《ちょうはち》……元は真之介配下。その後は高井という同心の手先となって働く岡っ引き。

尾上富楽斎《おがみふらくさい》……溺死体で見つかった絵師。橋を専門に描くことで知られていた。

大雅堂利左衛門《たいがどうりざえもん》……富楽斎の世話をしていた版元《はんもと》。

お里《さと》……材木問屋の秋田屋に嫁いだ大工道具屋の娘。音乃のお針子の弟子だった。

第一章　みだらな贈り物

一

婚礼を間近に控えた娘からは、そこはかとない色香が漂ってくる。

一国を統治する大名でさえ怖れをなす大目付井上利泰《おおめつけいのうえとしやす》にして、十八歳になったばかりの三女春菜《はるな》を前にすれば、強面《こわもて》から発する眼光鋭い視線は奥に引きこもり、目尻に皺《しわ》を弛《ゆる》ませながら細眼を向けるばかりである。

半月後に、勘定奉行《かんじょうぶぎょう》の一人である若槻依近《わかつきよりちか》の次男依貞《よりさだ》のもとに、輿入《こしい》れすることが決まっている。春菜は今、その幸せの絶頂にあった。

数多《あまた》いる旗本の中でも、出世頭と称せられる幕閣に位置する大身《たいしん》同士の縁組である。

井上利泰にとってもこれより勝る縁組はないと、喜びも絶頂に達していた。

庭に植えてある紅白の梅木の蕾《つぼみ》が開き、今やこの世の春を謳歌するように満開の香りを漂わせている。梅木に止まる鶯《うぐいす》さえも〈ホー　ホケキョ〉と、美声でもって慶事を祝福してくれているようだ。

文政《ぶんせい》九年も明けて、一月《ひと》と十日ほどが経ったころ。

春の陽光が眩しく降り注ぐ昼下がり、庭に面する障子を開き、榑縁《くれえん》越しに利泰と春菜が並んで庭を眺めている。昼食後の、父娘が交す、束の間の語らいであった。

「春菜がこの家にいるのも、あと半月ばかりか。つい先日生まれたばかりと思っていたものが、もう嫁ぐ年ごろとなってしもうた。年月の経つのは、まこと早いものよのう」

万感の思いの中に、一抹《いちまつ》の寂しさがこもる利泰の声音《こわね》であった。春菜は、利泰が四十二歳のときに授かった子供である。高齢でできた子だけに、愛《いと》しさは一入《ひとしお》であった。

「他家に嫁《とつ》いだとしても、お父上は一生私のお父上です。必ず可愛くて、たくましいやや子を産んでお目にかけます。その子にとって、よきお祖父《じい》さまでいてくださいませ」

「男でもよし、女でもよし。どちらでもよいが、必ず丈夫な子を産むのだぞ」

「かしこまりました」

「よい心がけだ。夫婦《めおと》となる者同士、それが真っ先にせねばならぬ共同の作事であるからの」

「お父上ったら……」

男と女の営みが脳裏をよぎったか、春菜は頬を赤らめ気恥ずかしそうに、畳表《たたみおもて》に『の』の字をなぞった。

「それにしても依貞どのは、できた男と聞くではないか。文武に優れ、男らしさでは傑物だとな」

「はい。すごく優しくたくましく、あれほどのお方は見たことがございません。面相も、役者にしても惜しくないほど……まるで、中村座《なかむらざ》の雪弥《ゆきや》さまのよう」

芝居好きな春菜は、贔屓《ひいき》にしている人気役者の中村雪弥を引き合いに出して言った。

「惚れおって、この」

利泰が、破顔で春菜をたしなめる。

「申しわけございません」

「いや、謝ることなんぞ何もない。依貞どのは、きっとおまえのことを大事にしてくれるだろうよ。春菜は、日本一の果報者じゃのう」

間もなく別れが来ようとする父娘の、水入らずの会話が弾んでいる。

それから半刻後、幸せ絶頂の春菜を一気に奈落《ならく》の底に突き落とすほどの、凶渦が待ちかまえていようとは、夢にも思わぬ利泰であった。

大目付は、旗本八万騎の出世頭である。老中《ろうじゅう》配下で、諸国大名家や幕府の儀典官である高家《こうけ》の動向を監視し、政務を監察する権力は絶大で、旗本ならば誰しもが成りたがる、羨望の役職であった。しかし、道中《どうちゅう》奉行なども兼ねた職務は多岐にわたり、その多忙さに『——この辛さは、なった者にしか分からん』などと、悲鳴を上げる大目付も多くあった。

この日は非番だが、業務は山のように重なり休む暇もない。昼の休みを取ってから娘の春菜としばらく歓談し、気分を持ち替えてから井上利泰は仕事部屋に引き返すと、下役から上がってきた書類に目を通していた。

「今のところ問題になりそうな大名、高家は五家に上るか」

春菜に差し向けていた柔和な顔とは、まったく別の厳しい形相を調書《しらべがき》に向けて、利泰は独りごちた。

「……難儀なことよ」

呟きとなって愚痴がこぼれたそこに、襖越しに家臣の声が届いた。

「殿、よろしいでございましょうか？」

「いかがした？　急ぎの用事でなければ、部屋に近づくなと申しておいただろうに」

大名、高家の動向を見張る大事な書類を読んでいる最中である。全神経をそれに集中させるため、人払いをしていた。

不機嫌そうに、利泰が返した。

「申しわけございません。火急の用事ではないのですが、殿宛てに不審な物が届きまして」

「不審な物……？」

「はっ」

襖を挟んでの、話のやり取りであった。

「いいから持ってまいれ」

どの道仕事を邪魔されたついでであると、利泰は書類から目を離し、襖に向けて声を投げた。

「はっ」

静かに襖が開くと、三十歳前後の家臣が廊下の板間に平伏している。

「入りなさい」

「はっ」

襖が閉まり、利泰とは一間《けん》ほど離れたところで家臣は正座をした。

「これなる物が、殿宛てに……」

抱えた不審物を、利泰の膝元に差し出した。

「誰が持参した?」

手には取らず、畳に置かれたそれを、利泰はじっと見やりながら問うた。

「受け取りました門番の話によりますと、それが十四、五歳のまだ子供のようでして」

「子供だと?」

訝《いぶか》しげな表情をして、利泰はそれを手にした。

八寸角ほどの大きさで、包装用の茶紙に包まれ、開かないよう十文字に固く紐で括《くく》ってある。最初は餅菓子かと思ったが、食物にしては厚みはさほどなく持っても軽い。外見だけでは中身は何か、判別できるものではなかった。

表書きに『大目付　井上利泰様』と、達筆な文字で宛名が記されている。裏側をのぞくも、差出人の名はない。

「わし宛への届け物を、子供に托すなど面妖なことをするものだ」

ぶつぶつと口にしながら利泰は、背後にある刀架にかけてあった脇差から小柄《こづか》を抜くと括ってある紐を、プツンと音を立てて切った。

「はて、中身はいかなる物か？」

首を傾げながら、おもむろに茶紙を開く。すると中身は、三つ折りにされた半紙と、四つに折られた手漉奉書《てすきほうしょ》といわれる高級の和紙《わがみ》であった。利泰は、まずは薄ぺらの半紙のほうを広げた。

数行の文字が書かれている。

「井上利泰様へ……とか」

小声を発して一行目を読んだ。

「殿。いったい何が書かれてますか？」

中身が知りたいと、興味深げな顔をしてそこにまだ家臣が居座っている。

「なんだ、まだおったのか。おぬしには関わりがないから、下がっておれ」

家臣を下がらせ、利泰は再び書簡に目を転じた。『告』という、一文字からはじまっている。

〈告　井上様三女春菜どのにつき報せたきことこれあり候……〉

二行目、三行目と読み進めていくうちに、利泰の表情は変化をきたし気色《けしき》ばんだ。そして、最後の一行を声を出して読む。

「……世間にばら撒《ま》く……だと？」

その声は震えを帯びている。そこで初めて、同封の厚めの和紙を手に取った。そこに何が書かれているかなど、想像する余地もない。しかし、さすがの利泰も、開けるのにいく分のためらいが生じた。

震える手で、四つ折りの和紙を開くと、それは錦絵《にしきえ》といわれる版画で、男女が微笑《ほほえ》む姿図が画《か》かれている。

「なんだこれは？」

目にした瞬間は、そこに何が描かれているのか分別がつかなかったが、すぐにその絵の意味は知れた。

女のほうは、牡丹《ぼたん》が散りばめられた柄《がら》の振袖を纏《まと》った、年ごろの娘風である。振袖の裾《すそ》を開《はだ》けさせ、女の局部がもろ出しとなって描かれている。

相手をする男のほうは、若衆髷《わかしゆまげ》に細面《ほそおもて》の、役者絵にも出てくるような美男子である。若侍の形《なり》で袴《はかま》を落とした男が、猛り狂った男根をむき出しにして娘の性器を凌《りよう》辱《じよく》しようとしている。それは、目を背《そむ》けたくなるほど卑猥《ひわい》な、男女の性交の場面を切り取った絵柄であった。

世間では、春画《しゅんが》と称するものである。

「こんな不埒《ふらち》な物を送りくさりおって！」

悪質な悪戯《いたずら》と利泰は頭に血が上り、この時点ではその絵が何を意味するかまでは理解ができずにいた。しかし、娘が着ている振袖の、朱赤の牡丹柄に利泰は見覚えがあった。半年ほど前に、自らが春菜に買って与えた着物の柄と似ている。そして、さらに愕然とするのは描かれた娘の顔である。正面を向いて笑みを浮かべる表情は、たしかに年ごろの娘である。その面影が、娘春菜に酷似している。それを決定づけるのは、左目の目尻の下側についた、俗にいう泣き黒子《ぼくろ》である。汚《よご》れと見紛《みまご》う胡麻粒《ごまつぶ》のような一点が、さらに利泰を震撼とさせた。

「まさか……」

利泰の声は震え、額からは汗が噴き出している。

手漉奉書の片隅に書かれた文字に、利泰の目が向いた。そこには『女　大目付井上利泰三女春菜』と記されている。

若侍のほうには、名がない。

読んだ瞬間、利泰の顔色はさらに変化をきたし、一気に血の気が引いて蒼白となった。全身はガタガタと震え出し、やがて身も心も凍りついたか、化石のように硬直すると震えすらも止まった。普段から、世の中に怖いものなどないと豪語する利泰の、肩を落として打ちひしがれた姿は端から見ても言語に絶する。

仕事どころでなく、呆然としたままどれほど時が経ったか。

明るかった外は、夕が迫るか薄暗くなってきている。利泰が我に返ったときは、すでに夕七ツを報せる鐘の音が聞こえてから半刻ほどが経っていた。

「いかん、ここはしっかりとせねばならん」

独りごちるも、利泰はさらに頭を抱えた。

世に一枚しかない肉筆ではなく、同じ物が多数刷れるのが版画の錦絵である。しかも、細かな描写に彫師や摺り師たちの、たしかな熟練を感じる。卑猥な絵ではあるが、元絵もかなり手練《てだれ》の絵師のものと思える。

「こんな物が江戸中にばら撒かれたら、収拾がつかなくなる」

大目付失脚もあり得ると、頭に思い浮かぶのは悪いことばかりである。

「いや。そんなことより、春菜がどうにかなってしまう」

ぶつぶつと、利泰の口から独り言が漏れる。

いかに対処するかと考えるものの、さしもの利泰も、痺《しび》れた頭ではすぐに妙案が浮かぶものではない。明かりもつけず、暗くなった部屋をただグルグルと動き回るだけである。

「誰か……いや、いかん。誰にも見せることはできん。だが、わし一人ではどうにもならん。いったい、どうすればよかろうか」

頭を抱え、考えあぐねている間にもさらに時が経つ。日の入りの、暮六ツを迎えようとしているそこに――。

「お父上……」

襖越しに聞こえてきたのは、娘春菜の声音であった。と同時に、利泰は畳に胡坐《あぐら》をかいた。

――この春菜が……まさか、婚礼を控えているというのに……。

良識のある利泰であるが、愛娘すら信じられなくなるほど冷静さが欠けてきている。

「いや、春菜に限って断じてない。わしが信じなければ、誰が信じてやれる」

気持ちを取り戻そうと、大きく首を振って不穏な思いを払拭《ふっしょく》しようとするものの、春菜に返す言葉がすぐには見つからない。

「どちらか、お出かけになったのかしら？」

返事がないと、訝《いぶか》しがる春菜の言葉が聞こえてきた。

心の奥底を見られたくないと、今は春菜とは顔を合せたくない利泰の心境であった。

だが、このまま黙っているわけにもいかないと、一呼吸置いて言葉がついて出た。

「春菜か。いいから開けなさい」

利泰が返すと同時に、静かに襖が開いた。

「あら、明かりもつけずにどうなされました？」

百目《ひやくめ》蠟燭《ろうそく》に、火を点《とも》すことすら利泰は失念をしていた。

「今消したところだ」

誤魔化しを言うも、声に震えが帯びている。この声音だけで、春菜は利泰の異変を感じ取った。中廊下から差し込む燭台《しよくだい》の明かりが、部屋の中ほどに座る利泰の姿を、かろうじて照らしている。顔も合わせず、態度はよそよそしい。昼間語り合ったときの利泰の様子とは明らかに違っている。

「昼間と違いお父上さま、どこかおかしゅうございます。何かございましたでしょうか？」

「いや、何ごともない。仕事のことで、ちょっと気にかかることがあっただけだ。いつものことよ」

自分よりも身分が上の大名や高家を監察する大目付にとって、気煩《きわずら》いはいつでもつきまとう。そんな父親の気苦労を、春菜は百も承知している。それゆえに、このたびの利泰の憂いは、日常のものと思い込んだ。

「左様でございましたか。あまりお仕事に、根《こん》を詰めないほうがよろしいかと存じます」

まさか自分が絡んでいるなどと、今の春菜は夢にも思っていない。

屈託《くったく》のない春菜に、心根を悟られないよう利泰は返す。

「案じてくれてありがとうよ。して、何用でまいった？」

「そうでした。夕餉《ゆうげ》のご用意が調《ととの》いましたのをお伝えにまいりました。熱燗《あつかん》が冷めぬうちにと、母上の仰せでございます」

微笑む春菜の顔を見た瞬間、利泰の脳裏に浮かぶ人物がいた。

「……そうか、その者がおったか」

利泰の呟きが、春菜の耳に入る。

「何かおっしゃられましたか？」

「いや、なんでもない。夕餉にするか」

言葉を返すと同時に、利泰はすっくと立ち上がった。

二

大目付井上利泰の屋敷に不審物が届いたのと、ちょうど時を同じくしたころ。

うららかな春の日差しを浴びて、舟客三人を乗せた一艘の川舟が、江戸湾《えどわん》に舳先《へさき》を向けて大川《おおかわ》を下っていた。

客の三人は、五十歳をいくらか過ぎた初老の夫婦、巽丈一郎《たつみじょういちろう》とその妻律《りつ》。そして、この正月で二十四歳になった、巽家の義理の娘音乃《おとの》である。

川舟を漕ぐのは、鬼瓦のような厳《いか》つい顔をした源三《げんぞう》という名の男であった。源三が着る半纏《はんてん》の襟《えり》には『船宿　舟玄《ふなげん》』と、白く抜かれている。

「さすが、押上《おしあげ》小梅町《こうめちょう》の梅林は見事でございました」

業平橋《なりひらばし》近くの、押上小梅町の梅林見物に出かけた帰りであった。北十間堀《きたじっけんぼり》から大川に出て、吾妻橋《あづまばし》を潜《くぐ》ったところで律が、まだ梅の香の余韻を残すかのように口にした。

「お義母《かあ》さま。今度は、向島《むこうじま》の桜が見事に咲きましたら、また行きましょうね」

「お弁当を持って、音乃と出かけられるなんて久しぶりに楽しかった。ここに、真之介《しんのすけ》がいてくれたら……」

「おい、律。いつまでも、死んだ倅《せがれ》のことを嘆いているのではない」

手巾《しゅきん》を目頭にあて、感極まった妻の律をたしなめたのは、元は北町奉行所の定町《じょうまち》廻《まわ》り同心《どうしん》であった巽丈一郎である。閻魔《えんま》と謳《うた》われた凄腕同心であった倅の巽真之介が、夜盗の凶刃《きょうじん》によって不慮の死を遂げてから二年が経とうとしていた。半月後には、三回忌の法要が控えている。

「そうです、お義母さま。真之介さまは、いつまでもわたしの心の中で生きつづけています」

音乃が、義父の丈一郎に言葉を載せた。

夫であった真之介亡き今も、音乃は後家として巽の家に同居する。

「私は音乃にすまなくてねえ……」

真之介の話が出るたびに、律が口にする。

「何がです？」

またかという思いで、音乃は訊き返した。

「あなたほどお綺麗で文武に優れた才女ですもの、好きなお方ができたら私たちに遠慮などせず……」

「また、そのお話ですか。今も申し上げましたとおり、わたしはいつまでも真之介さまの妻でございます」

「そう言ってくれるのは本当に嬉しいのだけど、音乃が不憫《ふびん》で……」

「何が不憫でございましょう。わたしは閻魔の女房でいることが、一番の生きがいなのです。わがままで、行かず後家の厄介者《やっかいもの》が一人いると思って、いつまでも面倒をみてくださいませ」

北町《きたまち》奉行の榊原忠之《さかきばらただゆき》から『——江戸広しといえど、これほどの女はそうはおるまい』と絶賛されるほど、音乃には才覚が備わっている。それに上乗せして、評判の美形でもある。才と美を兼ね備え、そこに剣術や柔術の腕も立つことから北町奉行榊原直々《じきじき》の影同心として、今や地獄の番人となった夫真之介の遺志を継《つ》いでいる。

音乃自ら『閻魔の女房』と名乗ることもある。義父丈一郎と共に手腕を発揮し、これまで解決してきた事件は、片手の指では足りないほどの数となっていた。

「そうでした。音乃はこの江戸になくてはならない人ですものね。ごめんなさい。もう、音乃を惑わすようなことは何も言いません」

律がすんなりと得心するのには、このような理由《わけ》があった。

「これからもお江戸のために働いて……」

「お江戸のためだなんて。わたしはお義母さまもお義父《とう》さまも大好きですから、いつまでも一緒にいたいのです。真之介さまもそうしろと、今もおっしゃっていかれました」

優しく頬をなでる川風が、真之介の手の感触にも思え、音乃が微笑みながら言ったそこに、

「二人とももう、その話はそのへんまでにせんか」

音乃と律の話の中に、丈一郎が割って入った。

「おれたちが、こうしてのんびりとした日を送れるのをありがたいと思わんとな」

丈一郎がこう口にするのは、事件のない平穏無事な世情を意味する。影同心の仕事が途絶えて、一冬《ひとふゆ》を越した。気候が穏やかになったのを見計らっての、三人そろっての行楽であった。

「いつまでも、こういう日々であることを願っております」

のどかに流れる川端の景色を眺めながら、音乃が返した。このとき音乃は、こよなくこの幸せを感じていた。

大川の、穏やかな流れに乗って舟が進む。

艫《とも》で櫓《ろ》を漕ぐ源三は、以前丈一郎の手下で目明《めあか》しであった男である。今は船宿『舟

『玄』の船頭に雇われ、働いている。源三は船頭の仕事の傍《かたわ》ら、として、北町影同心の助っ人としても、なくてはならない存在であった。

「そろそろ、新大橋《しんおおはし》ですぜ」

源三が、誰にともなく声をかけた。

舟はゆっくりと大川を下り、新大橋が目前に迫ってきた。元禄《げんろく》六年に架けられた全長およそ百間《けん》もある橋は、西詰は浜町河岸《はまちょうがし》と東詰は深川《ふかがわ》の御籾蔵《おもみぐら》を渡す。波風が荒く川の流れが速い日は、いく層にも連なり間隔が狭まった橋脚が、舟の舵取りの難所となる。そこを無事に潜り抜けるのが船頭の腕だが、流れが穏やかなこの日は難なく通ることができた。

新大橋を潜ったところで、川は逆くの字となって右に舵を取る。すると、今まで見えなかった右岸の景色が目に入った。

「おや、あんなところに……」

最初に気づいたのは律であった。

浜町堀の、大川への吐き出しに架かる川口橋《かわぐちばし》の手前で五、六人の人だかりがしている。大川端沿いは武家屋敷の裏塀が延々とつづき、真昼といえど普段は人の通りがほとんどないところだ。

「何かあったのかしら？」

音乃が口にする間にも、舟は現場へと近づいていく。

「あら、長八《ちょうはち》親分……」

人だかりの中に、音乃は知る顔を見つけた。

「長八がいるということは、何か事件でもあったか？」

以前は、真之介の下についていた岡っ引きの長八である。音乃だけでなく、みなその男の顔は知っている。今は、高井《たかい》という定町廻り同心の手先として働いている。長八以外はみな、事件が起きれば捕り手にもなる六尺の寄棒《よりぼう》を手にした下役人たちであった。

「何があったのか、長八に訊いてみよう。源三、岸につけてくれんか？」

「へい、かしこまりやした」

元町方同心であった血が騒ぐ丈一郎の言葉に、源三の声が弾んだ。

「長八親分……」

舟が近寄り、岸に立つ長八の背中に向けて音乃が声をかけた。思わぬところから呼び声がかかり、長八の、顎がしゃくれたひょろ長い顔が振り向いた。

「おや、みなさんおそろいでどちらまで？」

「ちょっと、押上《おしあげ》まで。その帰りです」

「梅見でもなされてきたんですかい？」

事件にしては、長八の受け答えに緊迫感がない。顔に、笑みさえ帯びている。

「まあ、そんなところで。ところで、何かございましたか？」

所在なさげにつっ立つ、下役人たちに目を向けながら音乃が訊いた。

「いや、たいしたことはねえんで。人が溺れ死んでやしてね……」

「人が死んでいるってのに、たいしたことはねえって言いぐさはねえだろう」

丈一郎が、長八の失言をたしなめた。ここで強い口調で言えるのは、丈一郎だけである。

「いや、すいやせん。こいつは迂闊《うかつ》でした。殺しということでもなさそうなんで、ついうっかり口から出ちまいやした」

「仏《ほとけ》さんは？」

丈一郎の、町方であったときの癖が抜けない。尋問口調で、長八に問うた。

「いや、余計なことを訊いちまったな」

今は一線から身を引いた、一介の隠居が表の顔である。部外者には余計なことを語らないのが役人の務めだと思い出し、丈一郎は問いを引っ込めた。

「よろしいんで。仏さんは、番屋のほうに運んでおきました。なんですか絵描きのようでして、対岸の萬年橋《まんねんばし》を画いていて足を滑らせ大川にはまったらしいんでさ」

向こう岸に、小名木川《おなぎがわ》の吐き出しに架かる橋が見える。萬年橋は深川海辺大工町《うみべだいくちょう》と、北側の紀伊徳川《きいとくがわ》家の下屋敷を渡す橋である。

「事件ではなさそうなんで、そろそろ引き上げるところでやした」

「そうだったか。邪魔してすまなかったな」

「いや、よろしいんで」

丈一郎が詫びて、長八がうなずく。

「そうだ。真之介さんの三回忌には是非線香を上げさせてくださいやし」

「ありがとうございます。長八さんが来ていただけるなら、真之介さまもさぞ喜ぶことでございましょう」

「必ずおうかがいさせていただきやす」

最後は世間話となって、舟はゆっくりと岸から離れた。

三

巽家に、北町奉行所筆頭与力梶村《よりきかじむら》からの使者が訪れたのは、その翌日の夕刻であった。

「ごめんください……たつみさま……」

これから夕餉に入ろうと膳を前にしたところに、梶村の下男である又次郎《またじろう》の声が戸口先から聞こえてきた。

「あの声は……」

晩酌の杯を傾けようとした手を止め、丈一郎の顔が戸口の方向に向いた。

「梶村様の、お使いではございませんか。わたしがまいります」

手にした箸を膳に戻し、音乃が立ち上がった。

挨拶もそこそこ、又次郎が用件を切り出す。

「かなり重要な案件だそうで、至急に来られたし……そう伝えろと、主《あるじ》の仰せでございました」

おおよそ三月《み》ぶりに届いた、梶村からの呼び出しであった。重要な案件と、使者である又次郎の口から前触れがあるのは珍しいと、その言葉一つで音乃は気が引き締まる思いとなった。

――どれほど大変なことが起きたのかしら？

音乃の、自分に向けての問いであった。

居間に戻り、丈一郎に話をつなぐ。

「とにかく、急ぎまいろうではないか、音乃」

「はい、お義父さま」

「めしは、帰ってからにする」

「おみおつけは、お戻りになってから温め直します」

梶村からの急な呼び出しは、律も慣れている。律なりに何があったかと、緊張した面持ちで二人を送り出す。

「お気をつけて……」

丈一郎は普段着の小袖に大小二本を差し、音乃は足袋《たび》だけを履き替えて八丁堀《はっちょうぼり》にある梶村の屋敷へと向かった。

つい昨日、影同心の仕事のない平穏無事な日々を喜んだものだ。できるならば、音乃が活躍する世の中にはなってもらいたくないと願うものの、おいそれと許してはくれそうもない。

「さて、今度はいかなる事件が待ち構えていることやら」

「重要な案件と、又次郎さんはおっしゃっておりました」

「それと、至急と言っておったしな……音乃、急ごう」

「はい、お義父さま」

巽家を出て二、三言の言葉を交わしてから、二人は無言となった。その分、足の送りを速くさせた。


梶村家に着くと同時に、暮六《くれ》ツを報せる鐘の音が聞こえてきた。

客間とは違い、梶村が家に持ち帰って仕事をする部屋へと、音乃と丈一郎は案内された。文机《ふづくえ》の上には、雑多に書類が積み重ねられている。それを目にしただけでも、与力の多忙さが分かる。

「お待たせした」

背後から、梶村の声がかかった。さほど待つことはなかったが、呼びつけたほうの儀礼の言葉であった。

「ご無沙汰しております」

三尺の間を空けて向かい合う梶村に、音乃と丈一郎は言葉をそろえ、畳に手をついて拝した。

「この前ここに来たのは、冬が押し迫るころであったな。あれから三月も経つか」

「あのときは、甥《おい》の鉄太郎《てつたろう》が行方知れずになりまして、お騒がせをいたしました」

「丈一郎と音乃がここに来るのは、それ以来か。そういえば、必ず厄介事が起きたときだけだ。たまにはそんなことは抜きにして、三人して旨い酒でも交わしたいものだが、なかなかそうはいかん」

言いながら梶村は振り向き、文机に載る書類の束に目を向けた。

「こんな有り様でな、雑多な日々に追われ……いや、いかん。愚痴を言っている場合ではなかった」

苦笑った梶村の顔が、にわかに眉間に険が生じる厳しいものに変わった。

「又次郎さまから、何か重要な案件とお聞きしましたが、このたびはいかがなことでございましょうか?」

音乃が早く案件を知りたいと、梶村の変化した表情に合わせるように問うた。

「ああ。このたびの件は、難儀中の難儀と申してよい。それでだ……」

ここで梶村の口が閉じ、そのあとしばらく言葉が出てこない。

「難儀中の難儀とは……はて？」

困惑の表情を示すだけで、なかなか用件を切り出さない梶村の様子に、丈一郎が首を傾げて問うた。

「いやすまぬ。重要な案件と申しておいて、どこから話してよいのか、なかなか踏ん切りがつかんでな。それだけ、厄介なことでもあるのだ」

「かなり、お困りのご様子ですが……」

これほど煮え切らない、梶村を見るのは初めてだ。そんな思いが音乃の顔に表れている。

「ああ、困ったものだ。あれを音乃に見せてよいものかどうかをな」

「わたくしに見せてよいものかどうか……あれと申しますのは、品物か何かでございましょうか？」

「あれというのは、一枚の絵のことだ」

「絵とは、絵師が画く……？」

「左様。音乃は、錦絵というのを知っておるか？」

「はい、もちろん存じております。錦絵がどうかなされ……えっ、もしやそれをわたしには見せたくはない物とでも」

言葉を発する最中で、音乃は梶村の困惑が何であるかに気づいた。

「音乃ほどのべっぴんを前にすれば、ことさらな」

「おおよその想像はつきますが……もしや、その錦絵というのは春画《しゅんが》の類《たぐい》ではございませんでしょうか？」

「音乃は、春画を知っておるのか？」

丈一郎が、傍らから問いを発した。

「もちろん、そのくらいのことは……」

「音乃は、春画というのを見たことがあるのか？」

梶村が、丈一郎と同じ表情をして問うた。

「はい。これまでいく度もございます。たしかに、あのようないかがわしいものは、わたくしのような純真無垢な女性には見せたくございませんでしょう。あら、自分で純真無垢と言ってしまいましたわ」

袖で口を隠して、音乃は屈託のない笑みを漏らした。

「どうやら、わしの思い過ごしのようであったな」

となれば、梶村の憂いは軽くなったかというとそうではない。本当の憂鬱は、別のところにあった。梶村の表情は、まだ曇ったままである。

「今度の案件は、実は音乃の実父である奥田《おくだ》様にも関わる……」

「はて、父に関わるとはいかがなことでございましょう？」

梶村の言葉を遮り、音乃は正座した膝を少し前に出して問うた。またも事件に身内が絡むとなると、さすがの音乃も気分が重くなる。

「いや、直《じか》に奥田様が関わるのではないが、ことによっては今後の立場に影響が出るかもしれん。それだけに、お奉行も気遣われている」

梶村の、回りくどい言い方では、まったく想像すらできない。音乃と丈一郎は、互いに顔を見合わせ、首を捻《ひね》った。音乃から問えと、丈一郎が小さくうなずく。

「して、いかがなことでございましょう？」

こうとなったら、何よりも早く案件を知るのが先だとばかりに、音乃はさらに膝を繰り出し梶村に詰め寄った。

「そう急《せ》かすな音乃。この一件には、まずは心構えが必要なので、あえてもって回った出方をしたのだ。どうやら、何を見せられても、何を言われても動じはしないであろうがな。それを、たしかめたかったのだ」

「春画なら平気ですし、身内の難儀でしたら慣れております」

「それならばよいが、語る前にもう一つだけ念を押しておくことがある」

「なんなりと、仰せくださいませ」

「絶対に、他言は無用。それと、必ず然るべき相手を探り出せというのが、お奉行の命《めい》である」

案件が何かも分からないのに、先に返事をしろと言う。それだけに、事の深刻さと重要さを感じ取る音乃であった。

「かしこまりましたので、用件をお話しくださいませ」

「よし。少し、待っておれ」

梶村は立ち上がると、いっとき部屋をあとにした。

「ここまでに、四半刻《しはんとき》ほどもかかったぞ」

「急ぎの用にしては、ずいぶんと前置きが長かったですね」

「梶村様にしては、珍しく回りくどかった。ずいぶんと、悩まれておられたようだな」

「左様のようで……」

音乃の言葉の途中で、閉まっていた襖が再び開いた。梶村の腕に、風呂敷包みが抱えられている。さほど大きくはないが、厳重に結び目が括られている。

梶村は座ると同時に、風呂敷の結び目を解きはじめた。

「ずいぶんと頑丈に縛ってしまった。誰にも開けられぬよう、力一杯締めたからな」

自分で縛って、自分で解くのに難儀する。他人《ひと》には見せらないと、気持ちがこもった縛り方であった。

「ええい面倒だから、切ってしまえ。丈一郎、小柄《こづか》でこいつを頼む。風呂敷は、新しいのに取り替えれば済むことだ」

「かしこまりました」

丈一郎は、腰に差す脇差から小柄を抜くと結び目のあたりで風呂敷を切断した。

中には、四つ折となった和紙が入っている。先ほど話の中にあった、春画であろう。裏面なので、絵柄は見えない。表には何が描かれているのか、音乃は固唾《かたず》を呑んで開示されるのを待った。

四

梶村の手で、厚手の和紙が開かれようとしている。

「心の準備はよいな」

たかが春画を見せるにしては、梶村の大袈裟なもの言いと音乃は取っている。だが、それだけ念を押す梶村の言葉には別の意味があったと、音乃はすぐに気づくことになる。

「はい。心しておりますので、お開きください」

苦笑を込めて、音乃が急かした。

音乃と丈一郎に向けて、絵が置かれた。井上利泰が目にしたのと、同じ物である。

「これはもの凄いな」

目にした瞬間、丈一郎は思わず顔を背けた。

「あら……」

男と女が、下半身を露《あらわ》にしているあられもない姿に、目を逸らしたのは丈一郎のほうで、音乃は恥ずかしがるどころか、むしろ顔を近づけて興味深げに見やっている。

「音乃はなんとも思わんのか？」

顔色一つ変えず春画に見入る音乃に、怪訝《けげん》な声音で梶村が訊いた。

「はい。いかがわしい絵ではございますが、春画とはこのような物」

「これを見て動じないとは、さすが逸物と謳《うた》われた女御であるな。むしろ、丈一郎のほうが目を背けておるわ。わしもこれを見せられたときは動揺し、脇を向いたものだが」

「意外と殿方のほうが、そのへんは純朴なのかもしれません」

音乃の言葉に、動揺の一欠片《ひとかけら》もない。

「これがいったいどうなされましたと……？」

言いながら音乃は、食い入るように卑猥な絵を見やっている。

「あっ、これは！」

すると、梶村の話を聞くまでもなく、音乃は驚愕の声を発した。

「どうした、音乃？」

丈一郎が、いつまでも目を背けてはいけないと、春画のほうに目を転じた。

「お義父さま、ここをご覧ください」

音乃が、紙面の一片を指差す。

「なんと、書かれて……『大目付井上……』なんだこれは！」

丈一郎の大音声《だいおんじょう》が轟き、それが部屋の外にまで漏れた。

「殿、何かございましたでしょうか？」

奇声を聞きつけ、又次郎の声が襖の外から聞こえてきた。

「いや、なんでもない。いいから向こうに行っておれ」

「はっ」

梶村の人払いに、足音が去っていく。

「大声を出して、申しわけございません」

「いや、仕方なかろう。わしとてもこれを目にしたときは、丈一郎以上の大声を張り上げたものだ。しかし、由々しきことであるな」

「まさか、春菜さんが……」

音乃の顔が、血の気が引けたように青ざめている。心の臓が破裂すると思えるほどの衝撃が襲った。

「酷《むご》すぎます」

動悸が治まらぬまま、唇を嚙んで音乃が口にする。憤りが極まるか、激しい息遣いであった。

以前、一度だけ音乃は井上利泰の屋敷を訪れたことがある。そのとき、茶のもてなしをしてくれたのが、娘の春菜であった。そのときの清楚な印象からして、とても絵の中の人物とは結びつかない。

「……何かの間違い」

心を静め、冷静になるために、音乃はしばらく時をもらうことにした。丈一郎も梶村も、その間は音乃に言葉をかけることもなかった。

やがて気持ちが落ち着いてきたか、音乃の顔色が元へと戻った。音乃の興奮が治まったのを見計らい、梶村が用件を切り出す。

「実はこの一件が、大目付の井上様が直々お奉行に話された依頼なのだ」

大目付井上利泰と北町奉行榊原忠之が盟友であることは、音乃も知っている。亡き夫真之介と結ばれたときは、二人が取り持ってくれたことを今でも鮮明に覚えている。

それだけに、音乃の心はなおさら痛んだ。

「なんの見返りも要求せず、ただ江戸中にこの春画をばら撒くと、同封された書状には書いてあったそうだ」

「この絵を江戸中にですか？　そんなことをされたら、井上様は……」

丈一郎が、啞然とした様子で問うた。

「こんな絵が公になったら、とても失脚どころではない」

苦渋がこもる声で、梶村が言う。

「これは音乃。なんとしてでも、阻止せねばならんな」

「はい。それもございますがお義父さま、春菜さんのほうも心配でございます」

丈一郎の話に、音乃が載せた。

「春菜さんにはまだ……？」

「とても見せられんだろう。井上様も、ひた隠しにされておられるようだ。それに、半月後には、婚礼を控えているようだしな」

「婚礼を間近に……もし、この絵が相手が言うようにばら撒かれでもされたら……」

「破談は必至。そのときの衝撃たるや、いかばかりなものか……」

想像するだけでおぞましい。梶村が、顔を顰《しか》めながら言った。

「ご自分で……くっ」

不吉な思いが脳裏をよぎり、音乃は言葉を詰まらせた。

「……いや、変なことを考えていてはいけない」

忌まわしい思いを吹き飛ばすように、音乃は大きく首を振った。

この一件は、何があろうとも断るわけにはいかない。気持ちを切り替え、音乃は口にする。

「これを他のどなたかに……？」

「今のところ、この絵の存在を知っているのは井上様とお奉行と拙者、それにおぬしたち二人だけだ」

「それと、この絵は版画でございます。元絵を描いた絵師と、そこに彫師と摺《す》り師《し》がいるのを忘れてはならないかと」

「それはそうだ」

「この絵を画かせた、首謀者だっております」

「まずは、それを探ることが先決であるな」

梶村が、当たり前なことを口にする。だが、その当たり前を探るのが、一番苦労するところなのだ。

「それにしても、誰がこんな卑劣な悪戯《いたずら》を仕掛けたのだ」

憤る丈一郎の言葉に、音乃は小さく首を振る。

――とても、悪戯とは思えない。

性質《たち》の悪い、悪戯ならばむしろありがたい。だとしたら、脅しだけでこのまま立ち消えになることが往々にしてある。しかし、幕府の重鎮である大目付を相手にするからには、敵も命懸けだろう。それと、これほど手が込んだやり方は、悪戯と呼ぶには度が過ぎているとも思える。

「ところでこの絵、どなたが描かれたのでございましょう？　かなりの絵師と思われますが」

音乃が、春画に目を戻して言った。

「落款《らっかん》も、号も書かれておらんしな。もっとも、誰が画いたかなんて名を入れることはせんだろう」

「版元を探ってみてはいかがでしょうか？」

丈一郎が、案を提示した。

「いや、それは絶対にできんな。この絵を見せながら、誰が画いたのかとは訊けぬだろうよ」

梶村の一言で、丈一郎の提言は却下された。

「左様で。つまらぬ差し出口でした」

肩を落とし、ふーっと、丈一郎の口から大きくため息が漏れた。

「そうだ、ついでに言っておくが、この絵は外には持ち出せないから、ここで頭の中に叩き込んでおいてくれ」

「お貸し願えないのですか？」

「すまぬ、音乃。おぬしらを疑うわけではないが、万が一ってことを考えると……」

「分かりました。ちょっと探りがしづらいですが、春菜さんのことを考えると仕方がございません」

音乃はすんなりと同意し、春画に目を落とした。そして、頭の中に叩き込むかのように見入った。

「とにかく、何を目当てにこんな物を大目付様に送りつけてきたかだ。相手の目的が分からんと、探りようもない」

相手の狙いはどこにあるのか。梶村が語る間も、音乃はじっと春画を見つめている。

「ずっとその絵を見ていて、音乃はどう思っておる？」

梶村の問いが、音乃に向いた。

音乃の頭の中は、春菜を救うこと一点しかない。絵の中に、一つでも手がかりとなるものがないかと模索する。

「おや、若侍のこの顔、どこかで見たことがあります。梶村様とお義父さまには、見覚えがございませんか？」

梶村と丈一郎も、食い入るように春画の男に見入った。しばらく目にするも、だんだんと首が横に傾いてくる。

「いや、わしにはさっぱり分からん」

「こんな男、おれも知らん」

やがて、同句の言葉が二人から返った。

「おそらくですが……」

と前置きをして、音乃は一拍の間を取った。

「音乃には、誰と分かるのか？」

　丈一郎の問いであった。

「今どきの女の人なら、もしやと思うかもしれません。お芝居好きなら、とくに……」

「ほう。すると、この男は役者と申すのか。だったら、どこの誰だ？」

「はい。なんとなくですが、中村座の中村雪弥に似ているかとも」

　日本橋堺町《にほんばしさかいちょう》にある中村座の、若手役者の名を出した。以前音乃は、中村座に掲げてある役者絵を見たことがあった。その中の一人に、春画の男と似たものを感じていた。

「中村雪弥なんて、知らんな。まだ、駆け出しか？」

　丈一郎が、首を傾げて言った。

「今、売り出し中の役者です。若い娘さんたちの間では、すごく人気がございまして」

「わしらの齢じゃ、知らぬのも仕方ないってことか」

「齢の違いを感じますな、梶村様」

　隔世の感を禁じえないか、一抹の寂しさを帯びた、初老の男たちの嘆きであった。

「そんなことはともかく、もしもそうだとしたらこれは一点の手がかりとなりそうです」

音乃が話を引き戻す。

「よし。さっそくあすにでも中村雪弥ってのを当たってみるか」

格好の手がかりと、丈一郎が片膝を立てた。

しかし、たとえ春画の相方が中村雪弥であったとしても、今は直《じか》に問い質《ただ》すわけにはいかない。とにもかくにも、ここにある絵は誰にも見せられないのだ。そこに音乃の憂いがあった。

「……さてと、いかようにに探ればよろしいかしら？」

呟くように、音乃は自分に問うた。

雪弥のほうにしても、黙って顔を使われたのであろう。そうと知れれば、むしろ大騒ぎとなって混乱をきたすことになる。事《こと》は慎重に運ばなくてはならないのだ。音乃は、そう考えて口にする。

「お義父さま。中村雪弥のほうは、少し待たれたほうがよろしいかと……」

「ほう、なぜだ？」

音乃は、頭に思い浮かべた理由を返した。

「なるほどな。だが、頭の隅には置いておかねばならんだろうな」

「はい。どこかで結びつくかも分かりません。ほかに何か手がかりなるものが……」

音乃が春画に目を戻そうとしたところで、

「それにしても、如何《いかが》わしい絵であるな」

音乃の耳に、梶村の言葉が聞こえた。

「……絵？」

──そういえば、大川端で溺死したのも絵師。

絵描きというところで、つながりを感じる。

──長八さんは不慮の事故死と言っていた。けど、あんなところで川に落ちたりするのかしら？

音乃の考えは、中村座から別のほうに向いた。少しでも疑いがあれば、探ってみるのが探索の常道だと、常々丈一郎から聞かされている。

「音乃は何を考えている？」

その丈一郎からの、問いであった。

「大川で溺れ死んだという、絵師のことです」

「その絵師が、この春画を画いたというのか？」

「というわけではございませんが、絵師ということで結びつくのではないかと」

「ちょっと、飛躍しているのではないのか？　長八は、あれは土手から滑り落ちたと言っておったぞ」

「関わりがないかもしれませんが、いつもお義父さまはおっしゃっておられます。少しでも疑いがあればと……」

「そうであったな。自分で言ってて、常道を忘れておった」

面目ない様子で、丈一郎は自分の首の裏側を叩いた。

五

「おい、ちょっと待て」

音乃と丈一郎の話を聞いていた梶村に、思わぬ反応があった。

「どうかなされましたか？」

丈一郎が、梶村に問うた。

「今、大川の溺死がどうのこうの言っておったな」

「はい。きのうのことですが……」

丈一郎の口から、浜町河岸であった溺死事故の件が語られた。

「もしかしたら、きょう上がってきた調書の中に、あるかもしれん」

言って梶村は、後ろ向きになると文机の前に座り直した。雑多に置いてある調書の中から、それらしきものを探している。

「これかな？」

さして間もおかず、梶村の独りごちる声が聞こえた。パラパラと、丁をめくる音が聞こえてきた。

「おお、これかもしれん。きのうのきょうで、もう上がっておった」

言いながら梶村が振り向き、再び向かい合った。

「事件ではなく、事故の調書の中にあった。検視の結果、溺死として処理されている。現場が、浜町は川口橋《かわぐちばし》近くの大川端とあるから間違いなかろう」

「亡くなられたお方の、お名は書かれてございますか？」

それが知りたい。音乃の、ひと膝繰り出しての問いであった。

「うむ。日本橋横山町《よこやまちょう》に住む絵師の尾上富楽斎《おがみふらくさい》と書かれてあるな」

「……尾上富楽斎って」

音乃の、驚く顔が向いた。

「どうした、音乃？　そんな驚く顔をしおって」

調書から目を離して、梶村が問うた。

「音乃は、尾上富楽斎という絵描きを知っておるのか？」

問いが、丈一郎からも発せられる。

「梶村様も、お義父さまも尾上富楽斎をご存じないのですか？」

音乃の眉間に皺が寄り、侮蔑したような顔つきとなった。

「なんだか、人を侮《あなど》っているような顔つきだな」

顔を顰め、梶村が不服げに言った。

「ご無礼しました」

「いや、謝ることはない。音乃は、知ったかぶりを口にするような、嫌味な女御ではないからの。写楽《しゃらく》とか歌麿《うたまろ》ってのなら知っておるがな。尾上富楽斎までは……」

「尾上富楽斎は、近ごろになって名が通ってきた絵師でございます。ですが、梶村様がご存じないのは無理もありません。名が通るというのは、絵好きの間だけでありまして、知らない方のほうが断然多いかと」

「絵のほうにも造詣が深いとは、さすが音乃であるな。春画も、見慣れているようだしの」

　苦笑を含めて、梶村が言った。

「いいえ、さほどではございません。実は先だって、たまたま尾上富楽斎の絵を見たばかりでしたので」

「それで、その富楽斎というのがこの絵を画いたと音乃は言うのか？」

「はい。一度はそう思いましたが、やはり違っていたかと。大川で死なれた絵師が尾上富楽斎だとしましたら、この件とは関わりがないと思います」

「ほう。なぜに関わりがないと音乃は申す？」

「一つには、尾上富楽斎は人物を画かず、作品は風景画ばかりだそうで。その中で、一番著名な作は『浮世舞台　橋桁《はしげた》百景』という、全国各地の川に架かる橋の風景を描いたものでございます」

「おお、橋ばかり描いてる絵師ってか。それなら、聞いたことがあるぞ」

　丈一郎が、脇から口を挟んだ。

「もっとも、おれはそれを見たことがないがな」

「おそらく、対岸から小名木川の萬年橋を写し取っていたところで、難に遭われたのでございましょう」

「足を踏み外してと、ここに書いてあるぞ」

音乃に調書を差し向けながら、梶村も口にする。

「それとです。関わりがないと思われる点が、もう一つございます。尾上富楽斎は、肉筆を主とし、版画の元絵は画かないというのが通説でございます」

徐々に、尾上富楽斎が春画の件と離れていく。これで、尾上富楽斎はまったくこのたびの春画の件とは関わりがなくなったと、誰しも考えるところだ。

――関わりないと、決めつけるにはまだ早い。

尾上富楽斎から話が逸《そ》れると思いきや、音乃は考えを覆《くつがえ》す。春画を見つめながら、小さく首を傾げている。ふーむと、一つ大きな息をついてから音乃が口にする。

「いえ、ちょっと待ってください。まだ尾上富楽斎を捨てきれないところがございますわ」

「捨てきれないだと？　今しがた、この件とは関わりがないと言ったばかりではないか」

問いを発するのは、丈一郎である。梶村は、黙って義理の父娘の会話を聞き取っている。

「考えが行ったり来たりして申しわけございません。この絵を見ていて気になる点が、一つだけありました」

「ほう、どこがだ？」

「色です」

「色ってか？」

「絵師というのは、色にうるさいと聞きます。とくに、優れた絵師であればあるほど、自分の色にこだわりを持つそうです」

「どういう意味だ？」

「たとえていえば、この春画の背景に使われている襖の青です」

「この青が、どうかしたのか？」

絵には造詣の深くない丈一郎が、首を傾げて問うた。

「これと同じような青の色が、先だって観た尾上富楽斎の作品の中にあったような気がします。もっとも、見比べて見るまではなんとも言えませんが、そのくらいの調べはしたほうがよろしいかと」

「だろうな」

黙って話を聞いていた梶村が、膝を叩いて言った。そして、さらに口にする。

「ならば仕方ない、この絵を持ってまいれ」

「門外不出なのではございませんか?」

「いや、かまわん。ただし、くれぐれも誰にも見せんようにな」

「無論、心得てございます」

「音乃にはやっぱり敵《かな》わん。お奉行が見込んだ女御と、改めて思い知らされるぞ」

「あまりお褒めになられますとわたくし、調子に乗ってつけ上がってしまいますわ」

「ああ、かまわんからどんどんつけ上がれ」

梶村の、音乃への期待がさらに膨らむ。

「冗談はさておきながら、もし、この絵に富楽斎の青色を見たとしたら……」

音乃は途中で、言葉を止めた。

「見たとしたら……どうなる?」

梶村が、音乃の語りを促す。

「富楽斎の死は、事故ではなく殺しとも考えられます」

「殺しだと?」

「はい。ですがまだ『たら』とか『れば』の段階ですので、なんとも言えませんが……」

「音乃、それだけで充分だ。まずは、富楽斎から探ってみようぞ」

丈一郎の声音が、一段と張りをもった。

「はい、お義父さま」

義理の父娘のやり取りに、梶村がうなずく。

「よし。たとえ殺しであったとしても、誰にも明かすことはしない。そのつもりで探ってくれ」

極秘扱いの、裏からの探索となる。

「かしこまりました」

一筋の光明を見た思いであるが、まだ確定したとは言いきれない。そう思えるのは、春画と富楽斎の風景画を見比べたあとだと、音乃は自ら入れ込みすぎるのを感じ、気持ちを押さえつけた。

これで、探りの糸口らしきものが二つ見つけられた。

一つは尾上富楽斎からの線と、中村座の役者である中村雪弥の線からである。しかし、はっきりと浮き出た線ではない。細いか太い線かは、これからの探りで決まる。

梶村の屋敷を出たときは、すでに夜の帳《とばり》が下りていた。

ぼんやりと霞んで浮かぶ朧月《おぼろづき》を眺めながら、丈一郎が口にする。

「春画がばら撒かれる前に、相手をつき止めなければならんな」

見えぬ相手との競いとなる。

「まるで、霞がかかった月のようだ」

「尾上富楽斎は、まるであのお月さまのよう」

「ほう、富楽斎を月になぞらえるとは……音乃の言うことは意味が深くて、どうもおれには理解ができん。どういう意味だ？」

「雲がかかれば行く先は真っ暗となりますし、雲が取れれば道を照らしてくれます」

「晴れるか、曇るかってことをあの月が暗示しているってのか。それにしても、色から絵師が特定できるとは初めて知ったぞ」

「絵とか骨董の鑑定で優れたお方は、色使いだけで誰の作かを見分けることができるそうです。そんなことが、ふと思い浮かんだだけでございます」

「いや、そんなちょっとしたことだけでもすぐに取り込んでしまうのが、音乃の偉いところだ」

「ですが、もしこれが違っていたとしたら、最初から考えを練り直さなくてはなりません。お月さまが雲に隠れ、暗中模索で事《こと》に当たらなくてはならないと」

八丁堀から、霊巌島《れいがんじま》の家に戻る途中である。

春画のことは、誰にも語れない。むろん、律にもだ。家に戻っては話ができないと、亀島川《かめしまがわ》に架かる亀島橋の中ほどで立ち止まっての、音乃と丈一郎の談義となった。

「とりあえず、あしたは真っ先に富楽斎が画いた絵を調べてみます。風景画と人物画ではまったく異なりますが、どこかに特徴が表れているはずです」

「襖の青と、空の青か？」

「あれはたとえばの話でして。わたしの絵の鑑定はまったく不確か。細かな色の識別なんて、とてもとても……」

「なんだ。てっきり、そのあたりも造詣が深いと思っておったが、違うのか？」

丈一郎の、呆れ返ったよう口調であった。

「でも、探るきっかけとしては充分な話に思えたのではございませんか」

「それもそうだ。梶村様も、大きくうなずいて得心されておった。すると、あれは春画を持ち出す、音乃の口実だったのか」

「門外不出と言われましたら、そうするしかございませんでしょ。ああでも言いませんと、梶村様はこの絵をお貸ししてくれませんでしょうから。梶村様のお部屋で見ただけですべてを覚えられるほど、わたしは絵に達者ではございません。やはり手元にございませんと、探りもいい加減なものとなります。かと申して、この絵が外に持ち出されるのも、不安でございましょう。そのお気持ちも、ようく分かります」

「なるほど、それで色を見比べたいと方便をか？」

音乃の深慮に、丈一郎は呆れるような表情を見せた。

「その語りだけでも、お奉行様が音乃に絶大の信頼を置くわけだ」

「また、買い被りを……」

「いや、買い被りなんかではない。まともな話だ」

真顔でもって、丈一郎が言葉を添えた。

「ところで、探るにあたり、大きな懸念がございます」

「大きな懸念だと。なんだ、その懸念というのは？」

「この絵を、一切誰にも見せられないこと。たとえ、お義母さまにも」

「ああ、そうだな。絵の中に書かれていたことを読んだら、律も卒倒してしまうだろうよ」

「これだけは、細心の注意をはらう必要がございますわね」

「ああ、音乃の言うとおりだ。それにしても、この春画と富楽斎が結びつけば、かなりの進展だぞ」

「お義父さまの言葉で、一つ思いついたことがございます」

「何をだ？」

「富楽斎の葬儀ともなれば、かなり盛大に執り行われるものと」

「それほどの絵師なら、そうであろうな」

「あすの早朝、亡くなられた現場を見たあと横山町へと赴《おもむ》いてみようと思っております。絵の鑑定はそれからでも」

「おれも一緒に行くか」

「それにつきまして、わたくしに案がございます」

「よし、そいつを聞こうか。だが、春とはいえ、こんなところにずっとつっ立っていては冷えてくる。家に戻って、話をせんか」

「そういたしましょう」

「ただし、律の前では春画のことは触れてはならん」

「心得ております」

「話しづらいが、仕方なかろう」

亀島橋から二人は動き出した。家に戻るまで、月は霞んだままであった。

六

翌日の朝から、音乃と丈一郎は動いた。

毎朝日の出前に起きて体の鍛錬している朝稽古を済ませ、朝食を摂って家を出たのが朝五ツ前であった。

このとき音乃の出で立ちは、花柄小紋の袷《あわせ》に髪《かみ》は島田《しまだ》に結《ゆ》って町人風の若年増《わかどしま》といった、探索で動きやすいいつもの形《なり》であった。一方、丈一郎のほうの格好がいつもとは違いを見せている。頭に利休帽《りきゅうぼう》を被《かぶ》り、子持ち縞《じま》の小袖に鼠色《ねずみ》の伊賀袴《いがばかま》を穿《は》いている。いつもは腰に差している、大小の二本はない。一見すると、風流を好む雅人《がじん》のようだ。

「――これで絵筆をお持ちになったら、立派な絵師に見えます」

丈一郎を、絵師に見立てたらしい。

「いくらなんでも、こんな格好はおれには似合わぬだろ」

強面《こわもて》で鳴らした丈一郎である。面相からは、文化人にはそぐわぬと、自分で思っている。

「顔で生業《なりわい》は判断できません。とても落ち着いて見えますし、それなりの貫禄がございます」

「そうかい」

まんざらでもなさそうな、丈一郎の返事であった。

昨夜、亀島橋の上で音乃が思いついた案を策にして、さっそく実行にかかろうとしている。

家の前を流れる亀島川沿いを東に一町ほど行くと、船宿舟玄がある。浜町堀の、大川への吐き出しに架かる川口橋には舟で行くのが格段と早い。富楽斎が溺れた現場を見たあとに、住処《すみか》のある日本橋横山町に回るつもりである。そこへ行くにも、両国橋《ばし》手前の、元柳橋《もとやなぎばし》は薬研堀《やげんぼり》まで大川を上れば近い。

舟を使うには、もう一つの理由《わけ》があった。やはりこの一件を探るには、船頭である源三の力を必要とする。船頭としてだけでなく、丈一郎の下についていたころの、岡っ引きであった手腕が役に立つ。源三自身も、それがために舟玄で舟を漕いでいるといってもよい。

「おはようございます」

音乃の声に、二階から下りてきたのは舟玄の主である権六《ごんろく》であった。

「おや、音乃さん、早くから。旦那も、ご一緒で」

「源三さんは、来られておられます？」

「五ツには来やすんで、おっつけ来るかと……旦那の形《なり》を見ますと、また何か？」

表立ってははっきりと口にしないが、権六も影同心のよき理解者であった。

「申しわけございませんが、また、源三さんのお力をお借りしたいと」

「何も遠慮しねえでくだせい。手前にできることとっていやあ、源三を貸すことぐれえ……おや、噂をすればで来たようですぜ」

権六が言ったところで、源三が入ってきた。すぐに、音乃と丈一郎が来ているのに気づき鬼瓦のような厳つい顔につく目に、光が宿った。

「あれ、音乃さんと……旦那のその格好は？」

いつもと違った丈一郎の姿に、源三の首が小さく傾いだ。何か起きたかというような、勘が働いた表情である。

「また源三さんのお力を……」

「そろそろ、お声がかかってくるんじゃねえかと……いや、親方にうかがってから返事をしなくちゃならねえ」

「何をごちゃごちゃ言ってやがる。源三、今さらそんな遠慮なんか似合わねえぞ。いいから、音乃さんと旦那を手伝ってやんな」

「親方、ありがとうございます」

「すまんな、親方」

音乃と丈一郎が、権六に向けて深く頭を下げた。

「とんでもねえ、頭を上げておくんなさいな」

権六の許可を得て、初めて源三も一緒に動けることになる。

「さっそく、舟で行ってもらいたいところがあるのですが」

「どちらに？」

「浜町堀の川口橋……」

「と言いやすと……」

源三にも心当たりがあった。

「おといの……ですかい？」

声を出さずに、音乃は小さくうなずいた。

「俺は用事があるんでな、ゆっくり話を聞いて助《すけ》てやりな」

聞いてはならない話と心得ている権六は、そう言い残すと再び二階へと上がっていった。

「源三さんは、尾上富楽斎って絵師をご存じないですか？」

「いや。絵なんてものには、まったく疎《うと》く……するてえと、あそこで死んでたってのは、富楽斎っていう絵師なんで？」

「どうやら、そうらしいの」

「長八は、足が滑ったかなんかして、大川にはまったと言ってやしたが」

「それが、ちょっと引っかかることがあって。まだ確実ではないのでその話は、またあとでするけど、その前に富楽斎が亡くなった現場を見ておきたいと。そのあとは、住まいのあった日本橋横山町に行こうかと」

一人の娘の命運がかかっている。となれば、一昨日の梅見見物のようなのんびりとした舟遊びではない。昨日見た春画と富楽斎の死が、どこかで結びつくのではないかと、それを探りに出向くのだ。

「富楽斎ってのは、殺されたんでやすかい？」

「いえ、まだなんとも。それを探りに……」

「分かりやした」

言えることがあれば、黙ってても音乃は語ってくれる。そうしないのは、まだその段階でないと源三も心得ている。だから、あれこれと余計なことは訊かない。

「でしたら、さっそく行きやしょうか」

小ぶりで、速く進める猪牙舟《ちょきぶね》に三人は乗り込んだ。

日に日に春の日差しが、強さを増しているようだ。

二月も半ばとなると、艫で櫓を漕ぐ船頭も印半纏を脱ぎ、腹掛け一丁となる。捻り《ねじ》鉢巻で、額から流れ落ちる汗を食い止める。行き交う舟の船頭は、みな同じ姿であった。

秩父《ちちぶ》山塊の雪解け水が、遠く江戸は大川までにも辿り着くか、春先はいく分川の流れが速く、水嵩《みずかさ》を増している。それだけに、川を遡《さかのぼ》るには余分に櫓を漕ぐ力を込めなくてはならない。

ギッチラと、櫓臍《ろへそ》の軋む音がさらに高音《たかおと》となって、猪牙舟の胴間《どうのま》に座る音乃の耳にも聞こえてくる。そんな音乃の頭の中は、今は大目付井上利泰の娘である、春菜のことで一杯である。

「……絵をばら撒くって、いったいいつなの？」

書簡には、それがいつだとかは書かれていない。それだけに不気味であるし、不安がつきまとう。

「なんとかして、絵が出回る前に」

「なんか言ったか？」

向かい合って座る丈一郎が話しかけるも、声が春風に流されて届かない。むしろ、音乃の声は、風下で櫓を漕ぐ源三の耳に入った。

「絵が出回る前とか言ったようでやすが」

船頭の声は、川風に負けないほどよく通る。大声を張らないと、客との応対ができないからだ。おのずと、声が甲高くなる。

「浜町堀に着いたらお話しします」

「へい、分かりやした」

言うと源三の、櫓を漕ぐ回転が速くなった。

永代橋《えいたいばし》を潜り、永久島《えいきゅうじま》の北に位置する御三卿田安《ごさんきょうたやす》家の下屋敷の前で、大川は新堀《しんぼり》と分離する。大川の間にできた三角の形をした島が、永久島と呼ばれる三角州である。田安家の、下屋敷の塀の前を横切るように進むと、そこに川幅四間ほどの浜町堀の吐き出しがある。

川面《かわも》から堤までの、土手の高さはおよそ一丈五尺ほどであろうか。大人三人分の背丈ほどある。減水時は二丈ほどに水位が下がるが、今は雪解け水の影響で水位が上がっている。だが、一たび大雨が降りさらに水位が上がると、堤のすれすれまでに水面が達する。それでも江戸市中は堀が張り巡らされているためか、大雨になっても水は分散され、大川で洪水が起きることは滅多になかった。

土手は、緩やかだが転げ落ちるには充分な勾配がある。土手には雑草の新芽が生えて、いく分青みがかっているが、まだ大半は枯れ草が支配している。夏になれば、雑草は背丈ほどまで成長し、川面には下りられなくなる。だが、この時期だと遮るものもなく、一たび蹴つまずけば自制が利かずに滑り落ちてしまいそうだ。

音乃と丈一郎は、近くの桟橋から堤に上がると、あたりを物色《ぶっしょく》しはじめた。橋から半町ほど、堤を北に歩いたところで人が滑り落ちたと見られる跡が残っている。川口橋から北側の堤は、道とはいえぬほど狭い。堀田《ほった》家上屋敷の裏側にあたり、塀と土手に挟まれて幅が三尺ほどしかない。人とすれ違うには、どちらかが避けなければいけなそうだ。それでも、轍《わだち》のように人が歩いた筋ができている。

狭い現場に、音乃と丈一郎は並んで立った。

「ここから、富楽斎は川に滑り落ちたのだな」

「そのようでございます」

川面に向かって草がめくれ、細く一直線に土が露出しているので、富楽斎が川にはまった現場と分かる。その周辺に何か痕跡が残っていないかと探るも、手がかりとなるものは落ちていない。

気をつけて土手を下りれば、川面までは行けそうだ。

「ちょっと、下りてみましょうか」

一昨日、長八たちが立っていたところまで音乃は行こうとしたが、丈一郎に止められる。

「いや、待て。音乃の草履《ぞうり》では足元が滑るし、また下りることもないだろ。長八たちの調べでも、何も出なかったようだしな。そこまで、危ない真似をせんでもよかろうよ」

「分かりました」

言って音乃は、堤の上から対岸に目を転じた。ほぼ正面に、小名木川に架かる萬年橋の橋桁《はしげた》が見える。長八の話に『――対岸の萬年橋を画いていて足を滑らせ大川にはまったらしいでさ』とあった。橋桁百景の一つに加えようと、下絵を写し取っていたのであろうと容易に推測がつく。

狭いけどこのあたりの足場はしっかりとしている。土手を滑り落ちたとすれば、外部から力が加わったか、写生に気を取られうっかり足を踏み外した以外にない。

「どちらとも、言えんな」

周りの現場の様子からでは、殺害か事故かは分別ができない。丈一郎が、首を傾げながら言った。

「それにしても、人の通りが少ないところでございますね」

堤に上がってから、行き交った人はまだ誰もいない。

「ここは武家屋敷の裏塀が連なるところだからな。新大橋からも遠いし、こんな辺鄙《へんぴ》な場所に滅多に人なんぞ寄らぬだろうよ」

丈一郎が言うように、あまり人の用事がありそうなところではない。だが、言ったそばから、北のほうから一人近づいてくる姿があった。天秤《てんびん》を担ぎ、前後に深笊《ふかざる》がぶら下がっている。大川で採れた蜆《しじみ》を売り歩く、まだ年端もいかない小僧であった。

音乃と丈一郎は、塀に身を寄せて蜆売りに道を譲った。

「こんなところで、何をしているんですか？」

すると、蜆売りの小僧のほうから訊いてきた。

「おととい、ここで人が亡くなったこと知ってる？」

音乃の問いに、蜆売りの表情が曇りをもった。

「うん。ここで絵を画いていた人だって、あとで知りました」

「その人が絵を画いていたのは、いつごろ？」

「おとといの、今ごろでした。おいら、もう少し先の川辺に蜆を採りに行った帰りで……」

新大橋の近くでも、蜆が採れるという。蜆はいく分か塩分を含むところに生息する。潮の満ち引きで真水と海水が入り混じる、河口付近が蜆の絶好の住処となるが、大川での生息限度は、新大橋あたりまでらしい。

蜆を採取したあとは、永久島の箱崎町《はこざきちょう》あたりで売り捌《さば》くとのことだ。見た目はまだ十歳をいくらか超えたあたりである。子供ながらに生計を立てる健気《けなげ》な姿に、音乃は感心する思いであった。

「絵の道具などを道に置いて、通りのじゃまをしてすまないと、おいらに謝ってました」

「ほかに、話したことはない？」

「いえ、それだけでした。べつに、じゃまでもなかったし」

蜆売りの小僧からは、とくに怪しい筋が見つからない。

「そう。引き止めて、ごめんなさいね」

これから蜆を売り捌きに行くのだろう。前後の笊の、五分目ばかりまで蜆が入っている。急いで売らないと、蜆は足が早い。そこに、音乃の気が回った。だが、小僧は立ち去るまでもなく、もう一言あった。

「そうだ、こんなことを話した」

富楽斎と交わした言葉を思い出したようだ。

「どんな話……？」

「何を画いているのって訊いたら、対岸の萬年橋だって。見せてといったら、これから画きはじめるところだって」

小僧の話はそれまでであった。引き止めても、小僧の商売を邪魔するだけだろうし、また得るものは何もない。

「どうもありがとう」

「いいえ、どういたしまして」

と言って、小僧は天秤を担いで去っていった。

七

四半刻ほどして、音乃と丈一郎は舟へと戻った。

「何かつかめましたかい？」

舟で待っていた源三が、櫓を漕ぎ出す前に問うた。

「別段、怪しいところはなかったな」

「蜆売りの小僧と話してたみてえですが」

源三の問いに、音乃は小僧と交わした話を伝えた。

「そういやあ、よくあのあたりの川べりで蜆を採ってる小僧を見かけまさあ。冷てえ川に足をつっ込んで、見かけるたんびに大変だなあって感心しやすぜ」

話はもっぱら、蜆売りの小僧のこととなった。それだけ、富楽斎の死因については得るものがなかったといえる。堤の上で争った形跡もなし、長八たちの調べも怪しいところはなく、事故として判断するより仕方なかったようだ。

舟はさらに大川を遡り、両国橋が目前に迫ったところで、舟を降りた。そこは元柳橋で、薬研堀近くの桟橋に源三は舟を止めた。元禄期以前には、幕府の米蔵があった場所で、荷舟が出入りする水路が通っていた。米蔵の火事で御蔵が浅草《あさくさ》に移転すると、その後に埋め立てられ、水路の一部が薬研堀として残った。

知り合いの船宿に舟を預け、源三も腹掛けに印半纏をひっかけ陸《おか》へと上がった。

江戸でも有数の繁華街である両国広小路《ひろこうじ》の脇を抜け、米沢町《よねざわちょう》から一度武家地に入り二、三度路地を曲がったところで町屋へと出た。そこが日本橋横山町で、小間物屋など小商いの店が建ち並ぶ商業地であった。

富楽斎の家はすぐに知れると思ったが、意外と手間取ることとなった。青物屋、乾物屋、瀬戸物屋と四、五軒の店で軒並み訊いたが富楽斎の家を知る者はなく、その名すら聞いたことがないという。

「横山町ではないのかしら？」

辻にある番所で訊ねれば早いのだろうが、余計な詮索をされるのはまずい。もう三軒ばかり、足で訊ねようと動いた。

それから、二軒目でようやく知る者に出会えた。

音乃は、軒下で店の前を掃いている小間物屋の、十歳前後の小僧に声をかけた。

「このへんに、尾上富楽斎という絵師が住んでいるの、知りません？」

「名まで知りませんが、絵描きの先生の家なら、ここから二十間ほど行った先のしもた屋です」

富楽斎の死までは、知らないようだ。

「小僧さんは、富楽斎さんをご存じで？」

七軒ほど訊ねて分からなかったものが、まだ上背が音乃の腰ほどしかない子供に訊いたら、いとも簡単にその居どころが知れた。そんな道理のちぐはぐさに、音乃は首を捻った。

「いえ、まったく」

「ならば、なぜに家を知っておいでで？」

「ずっと前、一度だけ絵筆を届けたことがありますから。そのときは、商人風の男の人が来まして、急に細筆が入用になったとか。いく本か持って行って、絵描きの先生に選んでもらいました。なんで、ご自分で買いに来なかったのでしょうかねえ？」

ならば、小僧が知っているのもうなずける。ただ、音乃にはそれが不思議にも思えた。富楽斎は、独り身と聞いている。

——青物屋とか、乾物屋に買いに出かけなかったのかしら？

ふと、音乃が抱いた疑問であった。すると、口に出してもいないのに小僧のほうから答えが返った。

「あの先生は、滅多に表に出ませんから、通りで見かけることはほとんどございません」

「となると、どうしてご飯を食べてるのでしょ。お独りの身と聞いてますが？」

音乃の問いに、小僧は答えに窮しているようだ。訊いて音乃は後悔をした。小僧に対しての問いではないと。

「さて、どうしてでしょう？」

小僧が首を傾げるそこに、暖簾《のれん》を掻き分け主らしき男が出てきた。

「これ半吉《はんきち》、いつまで外の掃除に手間取っているのです。これから……お客さんだったのか」

音乃たちが立っているのを見やり、顰《しか》めた顔を愛想笑いにして主は小さく頭を下げた。

「いらっしゃいませ」

客と間違えられるとは、少々照れくさい。音乃が愛想笑いで返せば、旦那の機嫌もよくなるというものだ。

「お嬢さまには香りのよい鬢付け油をお勧め……」

「ごめんなさい。お客ではなく、富楽斎先生の家に訪れたいと道をお訊ねしまして」

「どうやら、あの絵描きさんは亡くなったそうで」

主は知っていた。

「そうとお聞きして、弔問のために訪れたいのですが」

「ですが、今はあの家には誰もいませんよ」

「すると、お弔《とむら》いは?」

「さて。手前にはなんとも……そうだ、まったく身寄りがないということで、版元さんが遺体を引き取られたようです」

版元と聞いて、音乃は小さく首を傾げた。

「なんという版元さんか、お分かりになりますか?」

「いいえ、手前どもでは。商いが違いますもんで……すいません、これからちょっと急ぐところがございまして。さあ、半吉もついてきなさい」

「へーい」

小僧を伴い、主はそそくさとした足取りで去っていく。

「ごめんなさい、お忙しいところ」

その背中に一礼を残して、音乃たちは動き出した。

小僧から聞いていた二十間先の、以前は商店であった一軒の家の前に立った。大戸が閉まり、破れかかった戸板は店を閉めてからの年月を感じさせた。

両隣の手前は油屋で、向こうは豆腐屋である。

油屋と富楽斎の家の間に、裏長屋に通じる路地がある。

「こちらに入ってみましょうか」

音乃と丈一郎、そして源三が路地の中へと入っていった。裏に回ると、そこには裏木戸が立っている。黒兵衛《くろべえ》長屋と、木戸に名が書かれてあった。四軒の棟割り長屋が二棟、どぶを挟んで建っている。その中ほどに井戸端があり、今は誰もいない。しもた屋の裏側は板塀で遮られ、そこに小さな切戸があった。丈一郎が取っ手を持って開こうとするが、閂《かんぬき》が掛かっているか戸は開かない。

「どうかされましたか？」

そこに背後から、女の声がかかった。赤子を負ぶった、三十歳前後の長屋の住民であった。

「富楽斎先生が亡くなったと聞きまして、来たのですが……」

音乃が話をすれば、相手も怪しい者とはみてとらない。

「へえ、先生って言うと、ここにいたのはそんなに偉い人だったんですか？」

「えっ、ご存じないので？」

音乃の、訝《いぶか》しがる顔がかみさんに向いた。

「ええ。滅多にというよりか、ほとんど見かけない人なんで。裏の戸は開いたことがなく。それでも、表通りに出たときに二、三度見かけたことがありますが。なんだかよぼよぼの爺《じい》さんみたいな感じでしたけど……いったい、なんの先生をなさってたんです？」

「有名な、絵師ということですが」

「ちっとも知らなかった。へえ、あの爺さんがこの家の中で絵を画いていたんですかね。この長屋の人たちは、そんなこと誰も知りませんし、これまで噂話にもなんなかったですねえ」

富楽斎は、今年で五十八歳になったと聞いている。見てくれは相当に貧相だったらしく、近所づきあいはまったくなかったようだ。

「ただ……」

「ただ、なんです？」

女の口調の変化に、音乃は半歩前に足を繰り出した。

「ただ、一月《ひとつき》ほど前でしたか。この家の中から、男の人の大声が聞こえて……」

「大声って、どんな？」

「それが、たったの一声で『でへん』って、あたしには聞こえましたけど。その前と後にも言葉はあったんでしょうが、外まで聞こえてきたのはそれだけ」

「……でへん？」

それだけでは、まったく意味のない言葉である。

「どういった意味でしょうか？」

「いや、まったく分からんな」

音乃が振り向き、丈一郎と源三に訊ねるが二人とも首を捻るだけだ。ここで言葉の意味を考えていても仕方がないと、音乃は女に顔を戻した。

「声を聞いたのは、おかみさんお一人でしたか？」

「ええ。この子を負ぶって豆腐を買いに出かけようとして、この家の脇を通ったときだから……」

路地を歩いて、表通りに出ようとした手前で声がしたと言う。

「声が聞こえたのは、いつごろですか？」

「夕飯のおみおつけの具にするための豆腐だから、夕方の七ツ半ごろでしたかねえ」

日が西に大きく傾き、世間では夕飯の支度に余念のないころである。

「その先生って人に、何かあったんですかい？」

女の目が、音乃のうしろに立つ丈一郎と源三に向いた。それぞれ身形が異なる三人の姿が不思議に思えたのだろうか。首を傾げながら、女が問うた。

「なんですか、お亡くなりになったそうで」

応対は、音乃がする。

「それを聞いて駆けつけたのですが、なんだかお弔いをしている様子もなく。おかしいと思って裏に回ってきたって次第です」

「へえ、あの爺さん……いや、先生って死んだのですか？　ちっとも知らなかった」

長屋の女の言うことに、偽りはなさそうだ。

「ここはしもた屋みたいですけど、以前は何屋さんだったのでしょう？」

「さあ、あたしが住んだのは三年前からですから。そのころにはもう店ではなく、爺さん……いや、先生の住まいになってたようですよ」

それにしても、薄い板塀一枚だけの隔たりなのに、少なくとも三年もの間、まったく裏長屋の住人たちとは行き来のないことが知れた。これだけでも、富楽斎は相当な変人であることがうかがえる。それはある意味、大きな収穫であるともいえた。

春画と富楽斎が関わりあるかどうかは、まだまったくの未知である。だが、音乃にはこの探索が無駄にならないような気がしてならなかった。

――どこかで、必ずつながる。

根拠はないが、そう信じなければ春菜を救うことはできない。その一心が、音乃の原動力となった。

第二章　姫君の失恋

一

両隣の油屋と豆腐屋で、富楽斎のことを聞き込むことにした。

以前は瀬戸物屋だったしもた屋は、およそ四年前に店を閉め、その後富楽斎が移り住んだことが分かった。

両店とも、昼間、たまに外出する富楽斎を見かけたが、油一升、豆腐一丁買いに来たこともなかったという。それでも、富楽斎の名と絵師であることくらいは知っていた。しかし、付き合いはまったくなく、言葉一つ交わさず、四年も隣同士でいたらしい。それでも温厚そうな人柄に思え、素行に別段怪しいところはなく、互いに干渉することもなかったということだ。

豆腐屋の聞き込みで一つ知れたのは、早朝に帰ってくるところを見かけたことがあるという。そのときはいつも、旅からの帰りのようだったと豆腐屋の亭主が、思い出すように言った。

旅については、音乃も得心をしている。半年以上は留守にしていたようだとも。

絵を写し取りに出かけていたと考えられるからだ。主な作品が各地の橋の風景だとすれば、下絵の仕上げにかかっていたものと取れる。あとの半年は家の中に燻《くすぶ》り、ほとんど外出もせずに、絵の仕上げにかかっていたものと取れる。

「――富楽斎は、どこでめしを食っていたんだ？」

豆腐屋から出るとき、丈一郎が疑問を口にした。

この答は、油屋のほうから聞けた。

「夜になると、よく客が来ているみたいでしたよ。そのときに食べ物が運ばれていたのではないでしょうかね」

富楽斎自らが、買い物に出たのを見たことはないと、油屋の主は添えた。

客の来訪は、おおまか夜の帳《とばり》が下りた、暮《くれ》六ツ半過ぎが多かったという。その時限だと、朝が早い豆腐屋は早寝をしていて、油屋はまだ起きている。夜間に灯す行灯《あんどん》の油が切れて、買いに来る客がけっこう多いらしい。そのため宵《よい》五ツごろまでは、大戸は閉めておくが、切戸《きりど》は開くようにしてあるそうだ。

「——これまで一度、いや二、三度はありましたか……」

油屋の主が、さらに語る。

「宵の五ツ前ごろに明かり用の、上等な菜種油《なたねあぶら》を買いに来たことがありましてね。いや、それは富楽斎さんではなく、代わりに別の方が。きっと、油が切れて急いで買いに来たんでしょう。なんですか、そのお方が富楽斎さんの世話をしているみたいでして」

「それって、女の方ですか？」

世話と聞けば、女を連想する。

「いえ、女の人じゃありません。立派な形《なり》をした、かなり貫禄のあるお方でしたな。召し物も上等な紬織《つむぎおり》を着ており、一見は大店《おおだな》の旦那といったところでしょうかねえ」

——おそらくそれが、聞いていた版元。

「なぜに、そのお方が富楽斎先生の世話人だと？」

音乃の問いが、亭主に向かう。

「どこの客かと外に出てうしろ姿を見てたんですが、それがお隣に入っていくではありませんか。そんなところを、目にしたことがありましてね」

油屋から聞き取れたのは、こんなところであった。

今、音乃と丈一郎、そして源三は通りの向かいにある甘味茶屋で、これまで聞いた話をまとめている。

「世話をしている男とは、いったい誰なんでしょう？　版元であるのは、確かでしょうが」

一番の関心事であるが、ここで誰とは分かるはずもない。

「それが誰かは、これから調べていけばいいことだろう」

探りの大きな目的として、頭の中に入れておく。

茶屋から、尾上富楽斎の家の大戸を見ることができる。そのほうにも注意を向けながら、音乃は大好物の大福を口にしている。

源三には、大まかなことを話してある。それには、春画のことも語らなくてはならない。

「――それはそれは、男女が絡み合うすごい絵でしたのよ」

語るに顔を赤らめ、音乃が淫《みだ》らな絵の中身を説いた。

「音乃さんから、そんな話を聞くとは思いませんでしたねえ」

「おれが語ってもよかったんだが、どうもああいった絵を説明するのが苦手《にがて》でな、かえって言葉が卑猥《ひわい》になっていかん」

詳しくは語れないと、丈一郎は音乃に任せたのであった。

「ぜひ、見たいものでやすね」

絵を見せれば源三に春菜の名が知れることになる。それもよいかと考えたが、まだこの時点では尚早《しょうそう》と、はぐらかすことにした。

「門外には出せないと、こればかりは借りてこられなかったの」

「それはそうでしょうねえ。その娘さんてのが、気の毒でならねえ」

春菜の名は伏せて、ある大身《たいしん》の娘としてある。

「それで、おおよそのことは分かりやしたぜ。その絵がばら撒かれる前に、なんとか阻止をしようって。およばずながら、助《すけ》に立ちやすぜ」

源三も、袖をめくって見せてくれた。そして、話はこれからのことになる。

「あの家の中に、入れないかしら？」

音乃が、富楽斎の家に目を向けて言った。

「おまちどうさまでした」

そこに茶屋の娘が、二杯目の茶を運んできた。この娘なら、富楽斎の家の様子を知っているかもしれない。

「ちょっとお聞きしたいことがあるのですけど」

音乃が、茶屋の娘に向いて話しかけた。

「はい、なんでしょう？」

「お向かいの、あの大戸が閉まった家なのですが、どなたが住んでおられますの？」

「さあ……」

大きく首を傾げるところは、まったく答が期待できるものではなさそうだ。

「いつも閉まりきりで、あたしは人が出入りするところを目にしたことがありません。もっとも、あたしがここに来たのはまだ一月《ひと》前……あっ、そうだ一度だけ……」

茶屋娘が、何かを思い出したように窓の外を見つめた。

「何か、気づいたことがあるの？」

音乃の問いに、娘は小さくうなずきを見せた。

「はい。一月ほど前の夕方、小豆《あずき》色と群青《ぐんじょう》色の羽織を着たお侍らしき人が二人、切戸から入っていくのを見ました」

「侍……ですか？」

「二人とも、刀を腰に差していましたから、お侍に間違いありません」

このとき音乃は、思い出していた。裏長屋の、赤子を負ぶったかみさんが言っていたことを。『でへん』と言った言葉と、関わりがあるのかどうか。

「夕方と聞きましたが、刻まで分かります？」

「はい。夕《ゆう》七ツの鐘が鳴って、四半刻ほどしたころです。あと四半刻もしたら仕事が終わるところでしたので、間違いありません」

長屋の女が言っていたのと、時がピタリと合う。そのとき大声を聞いたのは、大いに考えられるところだ。

少なくとも、富楽斎の世話をしていた男たちではなさそうだ。


富楽斎を探っていて、これほど不可解なことが多いとは思わなかった。

近所付き合いがないというのは、絵師や戯作者であれば変人も多く、往々にしてあることだとは聞いたことがある。だが、およそ四年もの間、向こう三軒両隣の人たちと話すら交わさないのは尋常ではない。裏長屋の住人は、名すら知らなかった。

「世の中の風潮で、近所付き合いが希薄になっているといっても、ちょっと極端すぎやしねえですかね」

源三が、ふと感想を漏らした。

「富楽斎は、よほどの人嫌いとしか思えねえな」

丈一郎が、それに応じた。

「あの家の中に、入れないかしら？」

窓の外を見つめ、音乃が呟くように言うと、

「外から鍵はかかってなさそうなんで、入ろうと思えば入れるでしょうが」

源三が、音乃の呟きをとらえた。

「黙って入ると、泥棒ってことになりますわね。そこで、お義父《とう》さま……」

「俺にこんな格好をさせたのは、そのためだったな」

言いながら丈一郎は立ち上がった。絵師のような格好をしていれば、富楽斎の仲間と思われ怪しむ者がいないというのが読みであった。

「ここで、待ってろ」

言い残すと、丈一郎は茶店から出ていった。そして、富楽斎の家の前に立った。

しもた屋となってから、大戸は一度も開けた形跡はなさそうだ。

先ほどよりもさらに近づき、大戸を叩いた。誰も出てくる気配はない。

「仕方ない、切戸を開けるか」

幅半間、高さ四尺の切戸は、大戸を閉めたときの出入り口である。敷居《しきい》を滑る引き

戸の取っ手に、丈一郎は指を当てた。

「おや……？」

引き戸を開けようとするも、ビクともしない。内側からつっかい棒が、がっちりとかけられているようだ。

この家の出入り口は、二か所しかない。もう一つところは、裏長屋に接した板塀の切戸である。表と裏の切戸のどちらかを開けなければ、外には出られないはずである。

「となると、中に誰かいるのか？」

丈一郎は独りごちると、再び大戸を叩いた。

「富楽斎先生はおられませんので？」

言葉も添える。道行く人がうしろを通るが、誰も丈一郎を怪しいとは見て取らない。もしも誰かに『どちらさんで？』と聞かれたら、富楽斎先生の仲間と答えるつもりであった。

「もし、中に誰もいないとしたら、どうやって富楽斎は外に出た？」

外から鍵をかける形状にはなっていない。どこかで見られているかもしれないと取った丈一郎は、すぐには向かい側の茶屋に戻らず遠回りをすることにした。

「おや？　旦那戻ってこねえで、向こうのほうに行っちまいますぜ」

丈一郎の様子を見ていた源三が、音乃に向けて言った。

「おかしいと、お義父さまは思ったのでしょう。大戸の切戸が開かなければ、もしや誰か中にいるのではないかと。それも、潜んで」

「でなければ、富楽斎は外に出られないでしょうにね」

しばらくして、丈一郎が茶屋へと戻ってきた。

「源三、中の様子を探れんかな？」

開口一番、丈一郎が口にする。

源三も、その意味は分かっている。

「へい。あっしもそれについちゃ、考えていたんですが……」

良案が浮かばないと、源三は小首を傾げた。

「いえ、ちょっと待って」

「どうした音乃？」

「やはり、中にはどなたもいないかと」

「なぜに、音乃はそうと言える？」

「富楽斎先生は、長いこと旅に出て留守をするとも聞きました。その間、家を開けっ放しにしておくでしょうか。外から錠《じょう》をかけないとすれば、何か仕掛けが施《ほどこ》されているものと。たとえば、他人《ひと》には知れぬ出入り口があるとか」

「ですが、商家でない町人の家に、盗みに入ろうなんて泥棒はまずいねえですぜ」

元岡っ引きであった源三が、言葉を挟んだ。

そのため、錠などかける必要はないと。

「だが、名だたる絵描きの家ともなれば話が違う。画《か》き上がった作品や下絵などがたくさんあるはずだ。好事家《こうずか》にとっては、盗んででも欲しくなるような宝の山だからな」

「なるほど……」

丈一郎の言葉に、源三も得心をする。

「留守の間、それをどなたが守っているのでしょう？」

「その間、誰も住んではいなかったようだしな」

そのことは、隣人たちからも聞いている。

二

三人は茶屋を出て、もう一度富楽斎の家の周りを探ることにした。

板塀に、からくりの仕掛けがしているかどうかを見つけようと、再び裏に廻るも外見からは取りたてて変わった様子はない。先ほどの子供を負ぶった女は、その場からはいなくなり周囲に人の気配はない。

もう一度、切戸を押し引きしたが、やはり閂《かんぬき》がかかっているか、外からは開けられない。

「やっぱり閉まってやすぜ」

それより奥は、板塀は隣家とつながり、その境は板塀で区切られている。その先を調べても意味はなさない。

「どう探っても、出入り口が見当たらない」

音乃が首を傾げたところで、

「何かございやしたかい？」

男の声が、背後からかかった。四十歳前後の職人風の男で、大工の印半纏を着込んでいる。やはり、長屋の住人であった。

「ここの家の人が亡くなって……」

先ほど女に向けたのと、同じ言葉で経緯《いきさつ》を説いた。

「へえ、あの人絵描きさんでしたかい、ちっとも知りやせんでしたぜ。それと、死んだなんて……」

やはり、女と同様の答が返った。

「手前は、富楽斎先生と同じ、絵を画いている者だが……」

丈一郎の出番である。相手が大工ということで、何か知れるかもしれない。

「手前の画いた絵が、この家の中にあるのだが入れないで困っている。それと、弔いはここでやっていると思い駆けつけてきたのだが」

「中に声をかけたのですが誰もいそうもなく、戸締まりがしっかりなされているのですよね」

音乃が、言葉を添えた。

「そいつはおかしいでやすね。戸が開かなけりゃ、外に出ることも中に入ることもできねえ」

大工職人も、大きく首を傾げている。

「板塀に仕掛けがしてあるのではないかと、調べているのだが」

「大工さんとして、何か思い当たることはございませんか」

音乃が、上目遣いで訊いた。ほんのりとした色香に、初めて会った男は大抵気を許す。

「だったら、もしや……」

大工に、思い当たる節《ふし》があるらしい。

「何か、ご存じで？」

「以前、一度だけ切戸に仕掛けを頼まれたことがありやして。ええ、滅多にねえ注文でしてね……」

訊いてはみるものだ。大工は塀の切戸に近づくと、しばらく上から下まで眺めまわしている。

「……やっぱりそうだ」

一言《ひとこと》呟くと、大工は固定されていると思える上側の桟《さん》に手をかけた。そして、上下左右に小刻みに動かしている。カツンと小さな手応えを感じたところで、職人は片開きの戸を引いた。すると、難なく戸が開き小さな庭が目に入った。

「これが、外から開け閉めのできる閂《かんぬき》ですぜ。作った者でねえ限り、当人以外誰も開けられねえ仕掛けになってる」

大工が、どうだと言わんばかりに得意げな顔をした。

「どうもありがとう。たいへん助かりました」

「いいえ、どういたしやして。それじゃ、あっしはこれで」

言って大工は、去っていった。

三人は中に入り、切戸を閉める。内側から閂をかけ、誰も開けられないようにして、家の中を探ることにした。

もし、春画らしき下絵があれば、十中八九は富楽斎の手によるものといってよい。その筋から探れば、卑劣な相手まで辿り着くのはかなりの近道となろう。そんな期待を抱いて、音乃はしもた屋に足を踏み入れた。

一軒家なので、小さな庭がついている。多少庭木が埋まっているが、手入れはまったくなされておらず、松の枝などは伸び放題であった。

母屋に裏口があるが、遣戸は内側から閂がかかっているのか開かない。ここも、外から錠のかかる仕掛けがしてあるのだろうか。見回しただけでは、そのからくりを解くのは素人《しろうと》では難しい。囲みの板塀で難儀し、さらに家の中に入るのも一筋縄ではいかない。

このくらい念入りに戸締まりをしておかなくては、安心して旅にも出られないのだろう。

大事な作品を盗難から守るためならば、それはそれで得心もできる。用意周到に警戒をしての外出であったはずだ。

「ほかに入り口を探さないと」

まともに正面からは入ることができない。家は、密室の状態であった。

雨戸も全部閉まっている。

「ちょっと、任せてくだせえ」

岡っ引きは、ときとして泥棒の真似事もできなくてはならない。昔取った杵柄《きねづか》とばかり、源三が前に立った。すると蟹《かに》のように横歩きとなって、外せそうな雨戸を探している。

「こいつが外せそうだ」

戸袋に近いところの戸板に手をかけ、上げ下げをしている。

「おかしい、外せねえな」

力ずくでは、雨戸は外せない。

「ずいぶんと、頑丈にできてやがる」

中に入るには、戸板を打ち破るしか手段がない。しかし、そんな乱暴はできるはずもなく、雨戸を外しての侵入はあきらめることにした。

「こうなると、縁の下から入るか」

丈一郎が腰を落とし、縁の下をのぞき込んでいる。

「お義父さま、それじゃ本当の泥棒……おや?」

音乃の視線が、庭の奥に向いている。その先に、庵《いおり》のような侘《わ》び寂《さ》びの利いた古めかしい建屋が建っている。

「あれは、お茶室ですね」

先の住人が、趣向で建てたものと見られる。

茶室だとすれば、茶のもてなしを受ける客が出入りする、にじり口があるはずだ。近づくと、母家とつながっているのが分かる。

案の定、人が屈んで出入りをするにじり口の障子戸は難なく開いた。戸締まりが頑丈なわりには、どこか抜けている。

「ごめんください」

一言断りを言って、音乃は腰を屈《かが》めるとにじり口に頭を差し込んだ。外の光が遮られ、目の前が真っ暗となった。

無人の家に侵入することもあろうかと、音乃の用意は万端であった。茶室の中に入ると、懐《ふところ》から火打ち袋を取り出した。

近ごろ小間物屋や薬屋で売られている、持ち運びができる便利な火つけ道具である。

袋の中には、火打鎌《ひうちかま》、火打石、火口《ほくち》、そして付け木の一式が入っている。だが、それだけでは用をなさない。灯りとなる蠟燭《ろうそく》まで、音乃は持参していた。火をつける手順としては、火打鎌と火打石で火花を飛ばし火口に当てて、着火させる。三度ほど石を打つと、火口に赤味が帯びる。すかさず火口から付け木に火を移すと赤い炎が立ちあがる。蠟燭の芯に火が灯ると、茶室は全体が見通せるほど明るくなった。

「どうぞ、お入りください」

客を迎える席亭のように、音乃は丈一郎と源三を迎え入れた。

市松模様の襖を開けると、母家と茶室を結ぶ狭い廊下であった。蠟燭を手にして、音乃が先を歩く。それでも、誰かいないかと警戒はしている。廊下を伝っても、人の気配はない。母屋までの三間《げん》ほどの廊下を歩くと、雨戸で外と遮られた榑縁《くれえん》に出た。大店とはいわぬまでも、母家は八十坪ほどの平屋である。八畳間が、二十部屋も取れる広さがある。

雨戸に沿って、廊下が走っている。それぞれの部屋は障子で遮られ、どこが富楽斎の仕事場かは外からは判断ができない。

人の気配を気にしながら、音乃は一番手前の障子戸を開けた。そこは六畳間であり、家財も何もない殺風景の部屋であった。そこでは、生活の匂いはしない。独り住まいでは、無用の部屋がいくつもあるのだろう。

隣の部屋とは、襖で隔てられている。やはり音乃は警戒しながら、隣部屋との襖を開けた。仏間であろうか、抹香《まっこう》臭い陰気な空気が漂っている。しかし、そこに仏壇はなく、火袋が破れ、骨がむき出しになって朽ち果てた雪洞《ぼんぼり》が二灯あるだけだ。先の住人のものと知れる。ここも、富楽斎の生活とは無縁の部屋であった。

四つほど襖を開けて、ようやく富楽斎の仕事場らしき部屋に辿り着いた。

「ここで、お仕事をしていたようですね」

音乃が持つ蠟燭が、だんだんと短くなってきている。部屋には燭台に載る百目蠟燭が三本ある。全てに火を灯すと、部屋の中は外と同じほどの明るさとなった。

部屋の中は、絵画きの道具が散乱している。色材を溶《と》く皿が、数えきれないほどあった。それぞれ、細かく色が分けられている。溶かれてから相当に時が経っていそうで、みな色が乾きひび割れ、中には粉状になったものもある。

部屋の隅に、下絵が積み重ねられてある。一枚一枚を丁寧に見るも、みな橋を写した風景画の元絵であった。そこに、人物画は一枚もない。

部屋の真ん中に座蒲団が一枚あり、畳一丈ほどの厚みのある板が敷いてある。そこが仕上げの絵を画く場所と知れたのは、一枚の画きかけの絵が置いてあったからだ。

七分ほどの仕上がりで、色を載せていない線画だけの部分もある。どこの川か、太鼓《たいこ》橋《ばし》の上で、釣り糸を垂らしている子供が描かれているのどかな絵である。背景を見ると江戸ではない、どこかの山里の農村の風景であった。

——気持ちの癒される絵。こういう絵を描く絵師が、あんな春画を……？

音乃が思ったところであった。

「ちょっと、こっちに来てくだせえ」

隣の部屋を探っている源三から、声がかかった。音乃が赴《おもむ》くと、そこにも画きかけの絵が無造作に散らばっていた。

「みな、描きかけの絵ですぜ」

色塗りが、途中で終わっているものばかりである。

「おそらくこれは、失敗して捨てられたものと思われますわ」

「なんで、それが分かるんで？」

「先だって観た、富楽斎の絵と同じようなものが……」

音乃は、中から選んで一枚の絵を拾った。版画ではなく、みな肉筆である。ちょっとしたことでも作者からしたら、納得のいかない出来栄えなのだろう。

「どこが気に入らねえんですかね」

源三が問うも、音乃にも分からない。

「よくできていると、思いますがねえ」

風景画の空は、抜けるように青く描かれている。音乃は、春画に描かれている襖の青色を思い浮かべていた。だが、見比べてみないとその違いは分からない。同じ青色でも無数に異なりがある。

「これをちょっと、拝借しようかしら」

富楽斎の家に入り込んだのは、この目的もある。窃盗という罪を犯すが、この際そんなことは言ってられない。春画と並べて、見比べたいのだ。

失敗作だと思えば、気持ちも軽い。音乃は、風景画を折り畳むと懐奥へとしまった。

それと、もう一つの目的である春画を探さなくてはならない。そちらは、版画の元絵である。しかし、富楽斎の部屋からは春画どころか、人物を描いたものは一枚も見つけることはできなかった。

「音乃、何かおかしいと思わぬか？」

家の中を探っていた丈一郎が、首を傾げながら戻ってきた。

「何がです？」

いきなり訊かれても、分からない。何ごとかと、音乃が顔を引きつらせて訊いた。

「店のほうを見たんだけど、大戸の引き戸につっかえ棒はなく、鎹《かすがい》でもって、開け閉めができなくさせてあるんだな」

「ということは、まったく出入りができないよう……」

「だが、茶屋の娘も言ってただろ。そこから侍が二人、入っていくのを見たと」

「はい、たしかに。それも一月《ひとつき》ほど前……」

「油屋の亭主も言っておったよな、油を買った客が入っていくのを見たと。そのときはまだ、鎹は打ち付けられてなかったのだな」

「なるほど、たしかにおかしいですね。富楽斎先生もこの家を留守にして、ずいぶんと時が経っているようにも思えます」

「なぜに分かる？」

「皿に溶かれた色材が、粉になるほどサラサラに乾いています。それと、萬年橋の下絵描きもおかしいと。未だ描きかけの絵を中途半端にして、新たに絵を描くものでしょうか？」

「それは、絵師それぞれ違うのではないか？　人によっては、いくつもの作を同時に画いてるのもいるだろうよ」

「そうも思われますが、この失敗作の多さです。富楽斎先生は、一つの絵に精神を集中させて、納得いくまで描き上げる絵師と思われます。つまり、二つの作を同時には画かないものと」

「とあらば、川口橋の近くで萬年橋を描いていたのは何か意味があると音乃は言うのか？」

「はい。何か、ご自分の意思でそこに行ったのではないと……そう感じてなりません」

「自分の意思でないとすると、事件ということもありうるな」

「そう考えても、よろしいかと」

「すると、錠を打ったのは富楽斎の手ではなく、誰かほかの者ってことか？」

「それはどうでしょうか。仕事の邪魔をされたくなく、ご自分で打ちつけたとも考えられます」

――もしかしたら、『でへん』と大声を上げたことと関わるのか？

実際の意味までは分からないものの、その『でへん』という言葉が何かに抗《あらが》って口から出たようにも取れる。そうとするならば、どうしても来てはもらいたくない客がいたのではないのか。さもなければ、他人が錠を打ったとしたら、誰がなんの目的でそんな施錠を施したのか。

いずれにしても、この場で春画の元絵は見つからなかったが、あのいかがわしい絵と限りなく縁があるように音乃は感じていた。

――懐に入れた絵と、見比べてみれば分かる。

肉筆でも錦絵と呼ばれる版画でも、作者の持つ絵の特徴は、どこかに表れるはずである。窃盗の罪を犯してでも、そこが音乃の狙いどころであった。

一枚の絵を手に入れた以外に、侵入した形跡を残さず三人は外へと出た。

ずいぶんと時が経った気がしたが、まだ昼《ひる》八ツを報せる鐘が鳴る前であった。富楽斎が春画と絡むとあれば収穫として大きいが、異なれば無駄な時をすごしたことになる。そのどちらかとは、まだ言えない段階であった。

三

喜多川《きたがわ》歌麿や東洲斎《とうしゆうさい》写楽などを見い出した、蔦屋重三郎《つたやじゆうざぶろう》などは版元として広くその名が知られている。

浮世絵と呼ばれるものでも、元絵を木版で刷ればそれは錦絵とか紅摺絵《べにずりえ》といわれ、肉筆画は世に一枚だけのものである。本絵師の尾上富楽斎が画いた、肉筆画の流通も蔦屋のような版元が関わっている。

富楽斎の世話をしていたという男が、誰なのかを知りたい。

富楽斎の絵を売買する版元が誰かを探るだけなら、さほど難儀なことではなさそうだ。

「それを知るために、おれは地本問屋の版元を当たってくる」

三人で動くことはないと、横山町で分かれることにした。

版元を探すのは丈一郎の役目として、音乃は一度家に戻ることにした。風景画と春画に、作者の特徴を見つけるためにである。

大川を下る源三の漕ぐ舟の上で、音乃は押収した絵を懐から取り出した。

橋桁の下で泳ぐ水鴨《みずがも》の親子を、春の陽光が明るく照らしている。橋の上では、重そうに荷車を引く農夫の姿が描かれている。橋桁百景の一枚であった。橋の袂《たもと》には、一本の欅《けやき》が立っている。細かい枝の描写である。

「……これの、どこが失敗作なのかしら？」

明るい日差しの下で見ると、なおさら空と水の色が鮮やかな青となって浮き出ている。陰影などの色使いも見事と、絵の鑑定には素人《しろうと》ながらも音乃はそう感じていた。

一点の難もないように思えるが、描いた当人にとっては気に入らないところがあるのだろう。富楽斎は、それだけ繊細な絵師と思える。

「あっしはこれで。何かあったら、声をかけてくだせえ」

舟玄の船着場で源三と別れ、音乃は家へと戻った。

戸口で律が出迎える。

「お帰りなさい。音乃一人かい？」

「お義父さまは、別のところを探ってからお帰りになるとのことです」

「そう。お茶でも飲んで、一休みしなさいな。おいしい大福を買ってありますよ」

大好物の大福に気持ちが取られようとするも、今は絵の見比べのほうが大事である。

「ありがとうございます。でも先に、急ぎでやりたいことがありますので、大福とお茶はあとからいただきます。それで、お義母《かあ》さまにお願いが……」

「なんでございましょ？　私にできることなら、なんなりといってくださいな」

自分の出番かと、律が片袖をたくし上げるような仕草をした。

「わたしが部屋から出るまで、絶対に襖を開けないでくださいませ」

なんだそんなことかと、律は言いたげである。

「ええ……はい」

訝《いぶか》しがるような律の返事であるが、なぜだとは訊いてこない。さすが元町方役人の妻でそのへんはわきまえていると、音乃はほっと安堵する。

片方の絵なら見せられるが、もう一方はたとえ律でも見せることはできない。音乃は自分の部屋に引きこもると、押入れの奥にしまっておいた春画を取り出した。

外の明かりが差し込む、一番明るい場所で二枚の絵を広げて並べる。音乃の目は、両方の絵を行き交っている。風景画のほうには、赤色はほとんど使われていない。逆に、春画のほうは鮮やかな紅色が際立っている。青の配色は、男女が絡み合う背景の襖に使われている。

片方は肉筆で、もう片方は木版で刷られたものだ。空の青と襖の青だけを見比べても、同じ青でも異なる色合いであった。

頭の中で思い浮かべた青は、同じ色に思えるものだ。しかし、実物の色の出具合は大きく違っていた。

「やはり、色だけでは分からないわね」

いく度も交互に見比べてから、音乃は独りごちた。

色も違えば、風景と人物では作風も違う。二枚の絵の対比だけでは、元絵が富楽斎の画いたものとは判別がつくものではなかった。

それでも音乃は、すぐにはあきらめきれない。どこかに相通ずるところがあるのではと、卑猥な絵に顔を顰めながらも、目を皿のようにして探した。

いつしか日は西に傾き、部屋の中は暗くなってきている。音乃は、百目蠟燭に火を点し、もう一度二枚の絵を見比べた。

「……おや、これは？」

音乃が、二枚の絵に目を戻し呟いたところであった。

「お帰りなさいませ」

丈一郎が帰ってきたようだ。

「音乃はどうしてる？」

丈一郎と律のやり取りが聞こえてくる。

「帰ってきた早々、自分の部屋に引きこもり何やら……私に、絶対に襖を開けるなと申しますのよ。鶴《つる》にでもなったつもりかしら？」

鶴の恩返しという、昔からある民話になぞらえて律は言った。

「まさか、鶴になんぞ」

丈一郎が、苦笑をまじえて言った。音乃が何をしているのか、丈一郎には分かっている。だが、一刻半もなるのに出てこないというのも、いささか気になるところだ。

「よし、おれが声をかけてこよう」

丈一郎が向かったところで、音乃のほうから部屋を出てきた。

「お帰りなさいませ、お義父さま」

音乃の顔に、笑みが含んでいる。

「何か、分かったことがあったか？」

「はい」

しかし、傍《かたわ》らに律が立っている。細かなことまでは、語ることができない。それは丈一郎も心得ている。

「ならば、音乃の話はあとで聞こう」

音乃の表情からして、丈一郎は何かをつかめたものと取った。それも、大きな手がかりになるものを。


日の傾きからして、夕七ツを過ぎたあたりであった。

音乃も、夕餉の仕度に取り掛かるころである。

「お義母さま、そろそろお夕飯のご用意を……」

「いいから音乃は、お義父さまとお話をしてらっしゃい。あなたも、早く語りたくてうずうずしているよう。私がいては、お邪魔なんでしょ」

自分一人蚊帳《かや》の外に置かれたと思うか、律が拗《す》ねるような口調で言った。

「邪魔だなんぞと誰も言っておらんぞ」

丈一郎が、呆れた表情で返した。

「ごめんなさい、お義母さま。今は絶対に誰にも話してはならないと、お奉行様からの厳命なのです。娘さん一人の命が懸かっているものですから」

「音乃の言うとおり、おれたちも細心の注意を払っての探りなのだ。この身形《みなり》も、そのためのものだ」

「分かりましたから、もう私のことは気になさらないで大いに力を振るってくださいな」

律の機嫌は直っている。含み笑いを浮かべそう言い残すと、律は炊事場のほうへと向かった。

真之介の位牌が祀られた仏壇の前で、音乃と丈一郎は向かい合った。

この部屋でもって事件のことを語り合うと、音乃は真之介が後押しをしてくれるような心持ちになる。

語り合う前に、仏壇の蠟燭に火を点し線香を手向《たむ》けるのが、いつしか習いとなっている。地獄の番人となった真之介を、成仏《じょうぶつ》させることはできないので念仏は唱えない。その代わり「……どうぞ、お力を貸してください」と、願いごとを呟く。

それは、真之介の遺志を自分の心に宿らせるための、音乃の儀式ともいえた。

体を向き直り、丈一郎と向かい合う。

「まずは、お義父さまのほうからお聞かせいただいてよろしいでしょうか？」

「まずはということは、音乃のほうでも何かつかめたのか？」

「まだおそらくとしか言えませんが、やはり春画の元絵は限りなく富楽斎先生のものと思われます」

「だとすれば、おれの探りもあながち無駄ではないな」

「いかがだったでしょうか？」

「順を追って話すが、富楽斎という絵師は版元の間でも評価は高いのだが、錦絵の元絵は絶対に画かぬらしい」

「やはりそうですか」

これまで音乃が聞いていた評判と、そこまでは同じであった。それほど純潔な絵師がどこでどう春画に手を出したのか、その関わりが分かればかなりの進展といえる。

「そのため、富楽斎の絵を取り扱う地本問屋は少なく、語ってくれる版元を探すのに苦労したぞ。本を貸したり売ったりする書林は多いのだが、刷るほうの版元は意外と少なくてな……」

丈一郎の語りは、愚痴《ぐち》から入った。

「浅草御門を渡った茅町《かやちよう》にある版元から聞いたのだが……富楽斎の世話をしていた者とは違うがな。その版元が語ったことには、富楽斎は天涯独り身で家族はいない。絵を画くことだけを、人生の生きがいとしていたとのことだ。一年の内、半年以上は旅に出て、あとの半年は家の中にこもりきりとなって、下絵に書きとめた物を本絵に仕上げるのが富楽斎のやり方だと言っていた」

「やはり、本絵を書き上げる前に、萬年橋の下絵を画きに出かけるのはおかしいですね」

自分の推測が正しかったと、音乃は小さくうなずきを見せた。

「そこで、富楽斎を世話していたのは誰かと訊くと……」

音乃が一番知りたいところであった。

「どなたでしょうか？」

詰め寄るように、膝を繰り出し音乃が訊いた。

「大雅堂利左衛門《たいがどうりざえもん》という男だそうだ」

「えっ、大雅堂ですか？」

「音乃に覚えがあるのか？」

「どこかで聞いたことがあるような気がしまして……」

ずっと以前のことなので、音乃もすぐには思い出せない。どこで、誰から聞いたのか。だが、たしかに『大雅堂』と聞いたことがある。蔦屋や、鳥居清長《とりいきよなが》の作品を多く手がけた西村屋《にしむらや》ほど著名でもなく大手でもない。それこそ、知る人ぞ知る程度の版元で、音乃もその存在は小耳に挟んで知るくらいなものであった。

「その大雅堂というのは、日本橋住吉町《すみよしちょう》にあってな。その住吉町というのは、その昔に吉原《よしわら》遊郭があったところだ」

「それは知っております。たしか吉原傾城町《けいせいまち》は明暦《めいれき》の火災で焼けて……」

その後浅草に近い日本堤《にほんづつみ》に移転し新吉原ができたと、音乃は簡単な薀蓄《うんちく》を語った。

「さすが音乃はよく知っておるな。だが、それはどうでもよいとして、音乃は先だって中村雪弥なる役者のことを言ってたな」

「はい。絵に画かれていた男の顔が似ていると。それが、どこに関わりが……あっ、そうか！」

丈一郎の話が中村雪弥に触れると同時に、音乃は大雅堂との接点を頭に思い浮かべた。

「ほう、音乃は何かに気づいたようだな」

「はい。中村座のある堺町《さかいちょう》と、大雅堂のある住吉町はたしかお隣合わせかと」

「どうだ、音乃はそのへんに何かを感じないか？」

「感じるも何も、思い出しました。大雅堂の名をどこで聞いたかを」

「どこでだ？」

「ずっと以前、まだ真之介さんが生きていたころです。お針子《はりこ》のお弟子でお里《さと》ちゃんという子がいたのですが、その娘さんから役者の錦絵を見せられまして。そのときたしか、大雅堂から買ったと。ああ、今になったらそのときよく見ておくのでした」

　後悔が口に出る。そのとき音乃の頭は別のほうにあり「──ああ、そう」と生返事をしたのを思い出した。

「だが、チラリと一目ぐらいは見たのだろう？」

「はい。やはり、若侍姿の役者絵でして。それが、なんという役者かは思い出せません」

「中村雪弥ではないのか？」

「いえ、それはなんとも。あしたにでも、お里ちゃんのところに行って見せてもらうことにします」

お里は、木挽町《こびきちょう》に店を出す大工道具屋の娘であった。お里の持つ絵を見せてもらえば、何かが分かるかもしれない。

四

「ところで、音乃はなぜにして春画が富楽斎のものと分かった？」

「はい。富楽斎先生のところから持ち出した絵と春画を見比べました。どんな絵でも、同じ人が画けばどこかでその特徴が表れるものと。青色は似ておりましたが、それだけではなんとも決めかねまして、別の部分に目を凝らし……すると……」

「すると、どうした？」

音乃は、風景画のほうを広げると、丈一郎のほうに絵を差し向けた。

「お義母さまに見られてはいけませんのでここではその絵は開けませんが、これをご覧ください」

「どれ」

「この橋の上の人物をよくご覧になってください」

辛そうに荷車を引く男のそばで、男女の二人連れが川面に目を落としている。視線は川面の水鴨に向いているようだ。音乃は、男の顔に指先を向けた。遠景で小さな顔だが、しっかりと男の顔の特徴は描かれている。細かな描写まで、手を抜かない作者であった。

背中を猫のように丸め、丈一郎が食い入るように目を向ける。

「なんだか、よく分からんな。どうも最近小さいものが見づらくて……」

年波には勝てず、丈一郎にも老眼の兆候が忍び寄っているようだ。

「それでは、これでご覧になってください」

音乃は、懐に入れてあった袋から、丸鏡のようなものを取り出した。袋には『麁乱《そらん》物識別鏡《ぶつしきべつかがみ》』と書かれてある。阿蘭陀語《おらんだご》であろうか、小さく横文字が書かれているが、それは読めない。

「これを当てますと、絵が大きく見えます」

音乃が幼少のころ、父親の奥田義兵衛《ぎへえ》から贈られた物だ。阿蘭陀からもたらされ、以前は長崎《ながさき》奉行であった大目付の井上利泰が持ち帰り、義兵衛に与えた縁物である。そのとき「――利発な子であるそうだな。ならば、音乃にこれを与えよ」と、言葉が添えられていたそうだ。

それだけに、今回のことで音乃にとっては思い入れがあった。

──これも、何かのご縁。

それが今、役に立っている。

柄《え》をもって、硝子《がらす》面を絵に当て丈一郎が鏡をのぞき込んでいる。

「ほう、かなり大きく見えるな。音乃の指が、まるで怪物の手に見えるぞ」

絵に画かれた男の顔を指す、音乃の指が拡大されて丈一郎の目に入った。

「わたしの見立てを言いますと、二人連れの男の顔と春画の男の描《えが》き方がよく似ているのです。顔の輪郭の線は、絵描きさんによってそれぞれ違いが出ます。両方の絵を見ても、顎《あご》の線が尖がっていますし。それと鼻の形、目の見据え方にも特徴がよく表れています」

「おれにはとても見比べられんが、音乃がそう言うならそうなんだろう。ということは、富楽斎も錦絵の元絵を画いていたっていうことだな」

「十中八九、間違いないと思われます」

「ならば、この筋を辿っていくことにするか」

少しずつでも前に進んでいる実感を、ひしひしと感じる音乃と丈一郎であった。

「はい。あしたは木挽町と堺町の中村座……」

音乃が語るところで、

「中村座って聞こえましたけど……」

言いながら、律が仏間へと入ってきた。大好きな芝居のこととなると、耳も達者になるらしい。

「お義母さま、お膳はわたしが運びますわ」

そこまで全て律にやらせては、嫁としての立場がなくなる。音乃は話を途中にして立ち上がった。

部屋を移り、膳を前にしての夕餉となった。

暮六ツを報せる鐘の音が、遠く聞こえてくる。本来ならば夕食後は、丈一郎は手習い本を広げて独り碁《ご》に勤《いそ》しみ、律は繕《つくろ》い物で着物の綻《ほころ》びを直し、音乃は自部屋でもって、黄表紙などの戯作を読むのが日課であった。だが、事件がそこにあると、平穏な日常は異なりを見せてくる。

「律、すまんがもう少し音乃と話がある」

「分かっております。音乃、あと片付けはわたしに任せといて……」

「すみません、お義母さま」

音乃と丈一郎は、再び向かい合って話の続きとなった。

「あしたは木挽町と堺町、そして住吉町に出向くことにします」

堺町と住吉町は頭に日本橋とつき、八丁堀の北側にあたる。そして、木挽町は銀座《ぎんざ》に近く八丁堀の南側である。その隔たりは、十五町といったところか。

「住吉町の大雅堂利左衛門ってのが、この件には大きく関わっていそうだな」

春画の元絵を画いた者が分かれば、首謀者を割り出すのはさほど難しくないだろうというのが、丈一郎の見立てであった。しかし、絵師が尾上富楽斎だとしたら当人はもう亡くなっている。不慮の事故で片付けられたが、音乃はこれを殺しと見ている。その下手人《げしゆにん》までを探すとなると、

「……そう簡単に済まされそうもない」

丈一郎は楽観しているようだが、音乃の考えは別に向いている。思うより根の深さを、音乃は肌で感じ取っていた。さらに一番懸念されるのは、刷られた春画がいつ世間にばら撒かれるかである。焦りは禁物と思うも、徐々に心中が穏やかでなくなってくる。

「……その前に、不埒者《ふらちもの》を探さなくては」

意気込みながら、音乃は拡大鏡で絵を見やる。橋上の、男の顔があざ笑っているかのように、音乃には見えていた。

翌日の朝、音乃は一足早く家を出て、木挽町の大工道具屋の娘お里に会いに向かった。

丈一郎とは、中村座の向かいにある茶屋で落ち合う段取りである。

音乃が木挽町に着いたときは、朝五ツの鐘が鳴ってから四半刻ほどが過ぎたころであった。すでに江戸の一日は動き出している。どこの店も開き、職人たちは働きだしている。

木挽町は、鋸《のこぎり》で木を挽く職人が多く住むところからその名がついたという。その一角に『土糸屋《どいと》』という、変わった屋号の店があった。鉋《かんな》から釘《くぎ》まで大工道具の荒物が、所狭しと並べられている。

「ごめんください」

音乃は、店番をする十代半ばの小僧に声をかけた。

「いらっしゃいませ」

女には縁がなさそうな店である。そこに、見目麗《みめうるわ》しい女が店先に立ったものだから、小僧の目が丸くなった。

「釘でございますか？」

鋸や金槌《かなづち》を買いに来る女はいない。たまにだが、釘を買いに来る女はいる。それも、何に使うか分からないが、一番長い五寸釘を調達していく。

「いえ、そうじゃないの。この家に、お里さんはおられます？」

「お嬢さんですか。でしたら、一年前お嫁に行きまして……」

「あら、お嫁さんに。それはそれは、おめでとうございます。して、嫁ぎ先はどちらに？」

無駄足になったかと思いつつも、音乃は問うてみた。

「それが、日本橋は東《ひがし》堀留川《ほりどめがわ》近くの新材木町《しんざいもくちょう》ってところで」

新材木町ならば、音乃も聞いたことがある。中村座がある堺町にも近い。一応は聞いてみるものだと音乃は、浮き足立つ思いとなった。

「嫁《とつ》いだのは、どちらかのお店ですか？」

「いえ、そこまでは知らぬお方には……」

「おや、音乃さんでは？」

教えられないと、小僧が言おうとしたそこに、奥から男の声がかかった。お里の父親である、土糸屋の主人であった。

「おかげさまで、材木問屋の秋田屋《あきたや》さんの旦那さまに嫁ぎまして。器量がよいと言えませんで、行かず後家になるんではないかと心配しておりました。旦那さまとは齢が二十歳ほど違いますが、どうやら裁縫の腕を見込まれたらしく、これも音乃さんのおかげでございます」

「わたしは何もしてやれませんでしたが、それはおめでとうございました」

「ところで、お里に何か……？」

「いえ。ちょっとお訊きしたいことがございまして。でしたら、これから秋田屋さんのほうにうかがってみます」

「お里も喜ぶでしょう。家の者はみな元気だと、よろしく伝えてください」

どこか遠いところにお里が嫁いだとしたら、音乃はあきらめるつもりであった。だが、それがこれから行く堺町とは目と鼻の先である新材木町と知ったときは、音乃は天にも昇る心持ちになった。すべてが縁でもって、繋がっているような気がしたからだ。

白魚橋《しらうおばし》で八丁堀川、通称桜川《さくらがわ》を渡り、楓川《もみじがわ》沿いを材木町《ざいもくちょう》八丁目から一丁目まで、ずっと北に辿ると日本橋川に架かる江戸橋に出る。江戸橋から魚河岸《うおがし》手前の西堀留川の荒布橋《あらめばし》を渡って小網町《こあみちょう》を通り、東堀留川の親父橋《おやじばし》を越えればすぐそこが六軒町《ろっけんちょう》。

東堀留川沿いを北に取り、一つ目の辻を右に曲がれば、中村座の看板が見えるはずだ。

音乃は、辻を曲がらず真っ直ぐに行った。そこから一町も歩けば、新材木町である。探すより、他人《ひと》に訊いたほうが早い。すると、材木問屋の秋田屋はすぐに知れた。

主に秋田杉を手懸ける、材木屋では大店《おおだな》であった。

材木置場に丸太を立てかけている奉公人に、音乃は声をかけた。

「こちらに、お里さんという……」

「ああ、ご新造《しんぞう》さんですかい。でしたら……どちらさんで？」

「音乃と申します。以前、お針の稽古でお世話になったとお話しいただければ」

「かしこまりました。ここでお待ちください」

手代であろうか、商人らしく受け答えが丁寧であった。しばらくすると、見覚えのある顔が近づいてきた。

「音乃さん……あっ、本当に音乃さんだ」

久しぶりに会えた喜びが、お里の顔に滲み出ている。

「お里ちゃんもお変わりなくお元気そうで。よいところに嫁がれて、おめでとう。お幸せそうで、よかった」

「どういたしまして。でも、けっこう小姑《こじゅうと》がうるさくて……」

舌を出して愚痴を言うが、目が笑っている。そのくらいは、どこでもよく聞く話である。

五

簡単な、再会の挨拶が交わされたあと。

「こんなところでは。お上がりになって、お茶でも……」

「ごめんなさい、急いでいるの。今、木挽町のお家に行って、お父さまからここに嫁がれたと聞いて駆けつけて来たのだけど。そうだ、まずは言っておかなくては。お父さまが、みな元気だとお伝えしてくれと」

「それは、よかったです。しばらく家に帰ってないので、案じていたのですが。ところで、音乃さんは何用でわたしのところに？」

急な来訪に、お里も訝しがる。

「お里ちゃんは、以前大雅堂から手に入れた……」

錦絵のことを、音乃は語った。

「もしそれを持ってたら、見せてもらえないかと思って」

「ああ、あれ。たしか、河原崎《かわらざき》兆三郎《ちょうざぶろう》の絵だったけど、家に置いてきてしまったかもしれない。木挽町にある森田座《もりたざ》の役者だし、兆三郎に飽きたからもう見ることはないと」

「そうだったの。だったら、しょうがないわね。ところで、見たところお里ちゃんはずいぶんとお幸せそう」

「おかげさまで。旦那さまとは齢も離れているからか、とても可愛がってくれるの。芝居を観に行きたいと言っても、駄目だとは言わないし、むしろお駄賃をくれるくらい」

「よかったわねえ。お芝居って、このへんでは中村座か市村座《いちむらざ》でしょ。お里ちゃんは、誰の贔屓《ひいき》なの？」

「旦那さまには内緒だけど……音乃さんにだけは言っておく。今は、中村雪弥にぞっこんなの」

「えっ？」

「どうかなさったの？」

音乃の驚く顔に、お里の首がいく分傾いだ。

「その、中村雪弥のことで詳しく知りたいのだけど」

「音乃さんも、中村雪弥のことを？」

「いや、そうではないのだけど。ちょっと、知り合いの娘さんが入れ込んで……」

「雪弥の人気は凄いものがありますからね。お武家の奥様から町娘まで、夢中になる女がこの江戸中にどれほどいるか分からない。わたしなんぞには、振り向いてもくれないわ。その娘さんも、儚《はかな》い恋と分かっているのに……気持ちはよく分かります」

儚い恋どころではない。その娘は、命が懸かっているのだと言いたいが、それだけは絶対に口に出せない。

「その、中村雪弥の錦絵をお里ちゃんは持っている？」

「いいえ。欲しいのだけど、なかなか手に入らないで。それと、旦那さまが焼き餅を焼いたらいけないと思って、中村座の前に立って看板を眺めるだけ」

――そうか。それほどの人気役者なら、人寄せ用の看板がかかっているはず。

これから中村座に出向き、その絵を眺めようと思ったところで、お里の声がかかった。

「音乃さん……」

今までにこやかだったお里の顔が、にわかに真顔となった。

「これ、ある人から聞いた話なんだけど」

「どういうこと？」

お里の声音が、一段と低くなった。あたりを見回し、語り出す。

「中村雪弥に、このごろ変な噂が持ち上がっているらしいの」

「変な噂って？」

「松島町《まつしまちょう》の出会い茶屋で、中村雪弥を見かけた人がいて。それも、一度や二度じゃないと。お相手がいなくては、ああいうところには行かないものでしょ」

「というと、誰かいかがわしいお相手がいるってこと？」

「そういうことになるでしょうね」

そのとき音乃の脳裏に浮かんだのは、以前一度だけ会ったことのある春菜の笑みを浮かべた顔であった。

「……まさか」

思わず、呟きとなって出た。

「まさかって、音乃さん、お相手が誰か知っているの？」

「いえ、とんでもない。知りませんよ、そんな人」

咄嗟《とっき》の言い訳を、どうしようかと音乃は気がそぞろとなった。そんな音乃の様子を不思議な顔で眺めながら、お里が語る。

「なんですか、雪弥のお相手って女の人は、大層お偉いお武家の、お嬢さまってことらしいの」

幕閣である大目付も、大層偉い武家である。だんだんと、音乃の胸の中がざわついてくる。

「それって十七、八の娘さん？」

「あら、どうして音乃さんは十七、八って……？」

「いえ、お嬢さまっていえばそのくらいの年ごろかと」

心の臓の高鳴りを隠し、音乃は答をはぐらかす。

「齢まではっきりとはしないのだけど、もっと上なのはたしか。少なくとも二十五は超した中年増《ちゅうどしま》ってこと」

どう見ても春菜は二十五歳以上には見えない。音乃はほっと一息、安堵の息をついた。

「雪弥の相手の女の人って、誰だかまでは分からないかしら？」

「ええ、そこまでは……」

お里に訊いても、さすが名までは知れない。

「お武家のお嬢さまってことまで、お里ちゃんはよく知ってるようだけど、それっていったい誰から聞いたの？」

「ごめんなさい。誰とまでは言いづらくて……」

お里が隠し立てするほどだけに、話には信憑性がもてそうだ。それと、雪弥に特定の女がいると分かっただけでも、お里に会って正着だったと音乃は気が強まる思いとなった。

お里から聞けた話はそこまでで、音乃は中村座へと足を向けた。

新材木町に近い堺町にある中村座は、木挽町の森田座と葺屋町《ふきやちょう》の市村座と並ぶ、江戸三座と謳《うた》われる大歌舞伎である。それ以外は、御出木偶《おでこ》芝居と蔑《さげす》まれ、区別されていた。

さすがに芝居小屋の造りは華々しく、正面の屋根には九尺四方の紋櫓《もんやぐら》が掲げられ、中村座を示す『隅切《すみき》り角《かど》に銀杏鶴《いちょうづる》』の紋幕が張られている。鶴のない銀杏であれば、座元の中村屋の家紋となる。

庇下《ひさしした》の蟻壁《ありかべ》には大入り看板と共に、この日の興行演目と役者の名が書かれた看板がずらりと並んでいる。その脇に、中村座の看板役者の姿絵が十人ほど掲げられていた。やはり大看板は中村勘三郎《なかむらかんざぶろう》、勘九郎《かんくろう》、七之助《しちのすけ》といったところである。

音乃は、中村雪弥の姿絵を探した。すると、一番末端のほうにその絵看板があった。大看板とは差別され、いく分小さめであるが看板役者に変わりはない。女形《おやま》役の化粧を施しているか、春画にある顔とはいささか違っているように見える。それと、絵筆の運びが富楽斎のものとは明らかに異なる。掲げられた役者絵だけでは、雪弥と富楽斎の関わりは見えてはこない。それと、雪弥が女形だとすれば、春画にあった若侍は違う人物で、音乃の思い込みともいえる。

音乃は、この日の演目に目を向けた。すると「おや？」と小声を発し、小首を傾げた。それは正午過ぎからの、昼の部の演目で『欅《けやき》塚縁切《づかえんきり》河原《かわら》心中《しんじゅう》』とあった。その一場面が、絵図となって掲げられている。音乃は、額から汗が噴き出る思いで、その絵を見つめた。

遠く山塊が画かれた背景と、川面に水鴨が泳いでいないところが異なるだけで、昨日見た絵とほとんど構図が同じであったからだ。

橋の上にはやはり男女が立ち、川面を見つめている。男の顔は、絵でみた雪弥とは顔立ちが異なっている。

そのそばに、荷車を牽《ひ》く農夫が書かれている。その荷車の荷に、音乃は仰天《ぎょうてん》の顔を向けた。農作物だと思っていたのが、それは莚《むしろ》を被せられた男の遺体であったからだ。農夫の苦渋の表情は、そのためであるようだ。昨日見た絵には、遺体は画かれていない。

川岸に植わる欅の枝ぶりも、音乃には見覚えがあった。

筆使いは明らかに、尾上富楽斎のものに見える。

音乃の目は、『欅塚縁切河原心中』の出演者の並びに移った。中村吉五郎《きちごろう》が主演で、共演に中村七之助や坂東玉二郎《ばんどうたまじろう》などの名が連なっている。そして、中村雪弥の名があった。

「……やはり、富楽斎と中村雪弥は関わりがある」

音乃は、驚く思いで呟いた。

だが、なぜに井上利泰の娘である春菜がそれに関わっているかは、まだ不明のままである。

そこに、昼四ツを報せる鐘の音が聞こえてきた。

「いけない、お義父さまとの……」

丈一郎とは、四ツに落ち合うことになっている。音乃が踵《きびす》を返そうとしたところで、肩を叩く者があった。女の声で、音乃の名を呼ぶ。

「音乃さん……」

「あら！」

振り向くと、それは先ほどまで話をしていたお里であった。

「うちの旦那さまにお願いしたら、芝居を観てきてもいいって。もしかしたら、音乃さんも来ているのではないかと思って急いできたの」

「そう。優しい旦那さまなのね。でも、芝居は観ないつもり」

「あたしも。だって、中村雪弥の出番は昼の部なんだもの。あと、一刻も待たなくては」

「雪弥って、女形だったのね」

音乃が、役者絵を眺めながら言った。

「このごろは、男と女の両方演じているみたい。先日は、前髪立ちの若衆《わかしゅ》の役をやってたわ。中村勘三郎がお殿様の役で」

若衆姿といえば、春画の男役のほうである。がく然とした面持ちで、音乃はお里の話を聞いた。

「音乃さん、どうかしました？」

音乃の顔色が変わったのを見て、お里は心配そうに問うた。

「いえ、なんでもないの。ところでお里ちゃん『欅塚縁切河原心中』って観たことある？」

「ええ。一年ほど前、ここにお嫁に来たばかりのときこの演目がかかっていたの。あのときも、雪弥は出ていたわ」

「どんな役だった？」

音乃にとって、重要な問いであった。もし、橋の上の男が雪弥だとしら動かしがたい証《あか》しになる。

「あの橋の上に立つ……」

お里が、上を見上げながら言う。

「女のほうの役」

音乃の思惑とは、違う答となった。

「雪弥と近くで会えないなら、出直して来よう。それでは音乃さん、また」

外で楽屋入りや、出待ちをするほど雪弥贔屓のお里である。だが、すでに雪弥は小屋の中に入っているらしい。

手を振って、お里は去っていく。引き止めてまで、お里に訊きたいことはなくなった。あとは、自らの足で調べればよいことだ。

自由を謳歌していそうなお里に安堵し、そのうしろ姿が見えなくなるまで音乃は見送った。

六

お里と別れ、音乃は中村座の向かいにある芝居茶屋へと入った。

「ここだ……」

緋毛氈《ひもうせん》の敷かれた長床几《ながしょうぎ》に丈一郎が腰をかけ、音乃を手招きしている。

「ごめんなさい、遅れて」

「いや。おれも今来たところだ。若い女と話しているので、声をかけなかった。知ってる人か？」

「はい。お針子のお弟子さんで……そう、あの女《ひと》が木挽町のお里ちゃん。一年前にこの近所にお嫁に来て、会うことができました」

「どうやら、芝居好きのようだな」

「はい。中村雪弥の、大の贔屓だそうで。旦那さまが寛大なお方で、芝居見物はいつでもできるって、とても幸せそう。ほんとに、うらやましい限りです」

音乃が、笑みをこぼしながら言った。そして、すぐに真顔に戻る。

「そのお里ちゃんから、けっこう耳寄りな話を聞けまして……」

小声となって、音乃が語り出す。

「ほう、どんな話だ？」

音乃は、お里と話した中身を丈一郎に聞かせた。

「中村雪弥と通じる女がいたのか？」

「いっときは、まさか春菜さんかと思いドキリとしましたが、どうやら違いますようで」

「位の高い武家の娘と言ってたな」

「はい。齢は二十五過ぎの中年増らしく……」

「それが誰だか、知りたいものだな」

「ですが、誰かに訊くわけにもいかず、こちらから探るより仕方ございませんでしょう」

「そうだな」

丈一郎が、得心をしたようにうなずきを見せた。

探っていることを、誰かに悟られてはまずい。音乃は、お里に向けてそんな隙を見せたが、気づいてはなさそうだ。あっけらかんとした、お里の性格で助かっている。

そして音乃の話は、中村座に掲げられた看板におよぶ。

「きのう見た絵が、この日の出し物と同じとは驚きました」

「ああ、おれも見た。目を疑ったぞ」

「あれは、富楽斎先生がお画きになったもの」

「富楽斎は、看板の絵も画いていたのか？」

「それはなんとも。元絵をもとに、職人が画くことも考えられますから。ですが、元絵は明らかに、富楽斎先生のもの」

「いつごろ画かれたものだ？」

「お里ちゃんの言うことには、一年前にもあの演目はかかっていたそうです」

「ずいぶんと、お里ちゃんは役に立つな」

「お里ちゃんのことを、思い出してよかったです。それと、このご近所に嫁いで来たのも、何かの導きを感じています」

すべてが一点に向かっていくように思えてくる。その一点が、どこに辿り着くかだ。

だが、まだまだ道程は遠そうだと、音乃はふっと小さく息をついた。

朝から動き通しで、音乃の足は疲労が溜まっていた。

茶屋で落ち合うのは、その疲れを癒すためでもあった。四半刻もすれば回復するほど、音乃は普段からの訓練を怠っていない。

「お義父さまのほうは……？」

　あらまし音乃が語ってから、丈一郎に問うた。

　丈一郎は、住吉町にある地本問屋で版元の大雅堂利左衛門の調べに当たっていた。

「それがな、出入りの職人に訊いてみると、みな尾上富楽斎という絵師のものは手懸けたことがないと言うんだ。そりゃ、富楽斎の名ぐらいは知っていたけどな」

「やはり、錦絵は一枚も画いてないってことですね。でも、肉筆画は売られてなかったのかしら？」

「そのへんは店の者に聞いたが、富楽斎のものは扱っていないとのことだ」

「それはおかしいですね。浅草御門を渡ったところの茅町にある版元さんは、大雅堂さんが世話をしていたのを知っていたのでしょ。それを、もっと身近にいる人たちが知らないなんて、おかしいですよね」

「そこなんだよなあ。惚《とぼ》けているようにも、見えなかったし。おい、音乃……」

　にわかに、丈一郎の口調が変わった。

「おれは、とんだしくじりを犯したかもしれん」

「しくじりとは？」

　丈一郎の顔色の変化に、音乃の眉間に一本縦皺が寄った。

「大雅堂で、富楽斎の名を出したことだ。大雅堂の主利左衛門は、店の者に隠れて富楽斎のものを扱っていたのかもしれん」

「どういう意味でございます？」

「裏でもって、富楽斎にいかがわしい作品を画かせていたってことだ。それを調べに来た者がいると知ったら、利左衛門はどう思う？」

「もしも……あくまでも、もしものことですが。このたび大目付様のところに送りつけたのが大雅堂の仕業《しわざ》だとすれば、相手もこちらの探りを察知するでしょうね」

「そうなると……？」

「大目付を恐れて引くか……さもなければ……強硬手段に出る」

　悪いほうに思いがよぎって、音乃は頭を振るった。

　引くことはあるまい。それを承知で、宣戦布告を仕掛けてきたのだ。

「強硬手段とは……？」

「春画が、ばら撒かれること」

　最悪の事態も考えられ、音乃と丈一郎はそろって荒い息を吐いた。ここは落ち着きが肝心と、音乃は深く呼吸をして気持ちを鎮めた。

「そうなりますと、あの春画はどこで刷られたのでしょう？　大雅堂出入りの職人たちではなさそうですから」

「隠れた場所があるのだろうよ。そこが、どこかってことだな」

「それと、腑に落ちないのは、中村座と富楽斎先生の関わり。看板にある役者絵は、富楽斎先生の筆使いでないのは分かりました。ですが、午後の部の出し物の一場面が、富楽斎先生の元絵でありました。これの、意味するところを……」

音乃が口にするところに、茶屋の娘の声がかかった。

「あのう、何かご注文は？」

丈一郎とずっと話し合っていて、注文するのを失念していた。

「ごめんなさい。大福があったら、それとお茶……」

「かしこまりました」

言って去ろうとする娘を、音乃は呼び止める。

「あっ、ちょっとごめんなさい」

「はい。何か……？」

「中村座のあの看板なんだけど、誰が画いているのか分かります？」

「いいえ。誰が画いているのか、見たことはございませんし。千秋楽の夜に、次の演目の看板がすげ替えられるようです。ごめんなさい、きょうはあるお大名家のお姫さまがこれからご家来さまたちと来られますので、その準備で慌《あわただ》しく……」

忙しいと、茶屋の娘が足早に去っていく。

「茶屋の娘に聞いてみても分からんだろうよ」

丈一郎が話しかけても、音乃はあらぬほうに目が向いている。

「どうかしたか、音乃？」

「お義父さまは、常々言っておられますよね。どんな些細なことでも何かあったら、疑りから入れというのが探索の常道と」

「何か、感ずるところがあったか？」

「聞いてはみるものです。雪弥のお相手って、もしやあるお大名家のお姫さま……？」

音乃は、無理矢理にもお里の話と茶屋の娘の話を結びつけた。

「どうする、しばらくここに居座るか？」

「雪弥を目当てに来るものとしたら、昼の部から観られるでしょう。それまでこちらで休むとしたら、少なくとも半刻ほど前には……」

「あと、四半刻待てばよいか。大福だけで、もつか？」

「お義父さまも、お茶だけでなく何かお頼みになったほうがよろしいかと」

「ここは、甘いものばかりだからなあ」

言って丈一郎は、品書きに目を向けた。


四半刻の間、これまでのことをなぞり返して時を過ごす。

「ここまで来ると、もう富楽斎が関わっていることは動かしがたいな」

「他に気を巡らすことはないと思います」

まったく別の筋があるとは、もう考えにくい。この筋一本に絞ってよいと、その確認であった。


にわかに店先が、慌しくなった。

目を向けると、黒塗りの御忍駕籠《おしのびかご》が二挺《ちょう》停まっている。それぞれ前一人後二人の、三人の陸尺《ろくしゃく》に担がれた駕籠から降りてきたのは、錣頭巾《しころずきん》で顔を隠し、金糸銀糸で織られた眩《まばゆ》い羽織袴を着込んだ、家中でも相当身分の高そうな武士であった。そしてもう一挺からは、見るからに大名の姫君そのものの女であった。緞子《どんす》の振袖衣装を身に纏《まと》い、頭の飾りは眩《まぶ》しいほどに光り輝いている。簪《かんざし》のビラビラに陽光が当たり、八方に光を拡散させている。

錣頭巾の武士は一見藩主とも思えたが、姫のほうが先に歩くので殿様はなさそうだ。周りには警護の侍か、六人の家臣風の侍が取り巻いている。

御忍駕籠なので、屋根には家紋はついていない。音乃は、どこの家中かとそれが知りたかったができない相談であった。しかし、姫君の顔は確かに中年増に見える。お里が言っていた、二十五歳は超えていそうだ。

「わらわは、こんな古い店はいやじゃと言うたのに」

姫君が、どうやら駄々《だだ》を捏《こ》ねているようだ。

「ここには、姫が大好物でありまする、芝居饅頭がございますぞ」

「おお、そうであった」

「しばらくこちらでお休みを。昼の部までは、まだ半刻ほどありますので。さあ、お二階に部屋を取ってございますからそちらで……」

姫を宥めるのも楽でないらしい。警護侍の一人が、姫の相手をする。

「ならば、ここでもよい」

音乃の脇を通り抜けるとき、姫と家臣のそんなやり取りが聞こえてきた。相当に、わがままそうな姫君であると受け取れる。茶屋の者たちも、呆れたような顔をして姫君を二階へと案内する。

音乃は、茶を運んできた娘に話しかけた。

「どちらのご家中のお姫さまかしら？　相当に、わがままそう」

「ええ。いつぞや来たときは、お店にないものを注文なされるものですから、仕方なく他所のところに買いに出かけましたのよ。でも、どちらのご家中かは、誰も知らなくて。主《あるじ》も、知らないようです」

「お忍びならば、仕方ありませんわね。ところで、頻繁にこちらに来られるのですか？」

「いいえ、たまに……一月《ひと》に、一度くらいかしら。お目当ては、中村雪弥ですって。まだどこにも嫁いでいない、お姫さまのようです」

好奇心を前面に出して、茶屋の娘が口にする。

「おい、そんなところで話し込んでないで、二階に料理を運べ」

茶屋の番頭から叱られ、娘は小さく舌を出した。

七

この姫さまが、中村雪弥のお相手かどうか知るにはどうしたらよいか。

音乃と丈一郎は、そのほうに気が回った。

「もしかしたら今夜、二人は落ち合うかもしれんぞ」

そうだとしたら、芝居が跳ねたあとになる。終演は夕七ツごろであるが、外はまだ明るい。そんな刻に、出会い茶屋に入ることはあるまい。人目を忍ぼうとすれば、やはり暗くなってからである。

「ご家来の方たちは、どうなさるのでしょう？」

いくらなんでも、家来も一緒に茶屋に入るわけにはいくまい。それと、大名家の姫というもの、夜遊びが許されるものなのか。そんな疑問を、音乃は丈一郎に問うた。

「そいつは、今ここで考えていても仕方ないだろ。世を忍ぶ密会とあらば、いろいろな手はずを考えているはずだ。それと、重鎮がついているようだしな」

「それでも、そう簡単に密会ができるものでしょうか？　仮にも大名のお姫さまと、人気役者の逢引きですから。もう、誰かに見られているのはたしかですし」

お里は、そのことを知っている。だが、ここで音乃はふと疑問に思うことがあった。当代の人気役者と高貴な家柄の娘の醜聞となると、単なる噂でなくもっと大きな騒ぎになっていてもよいのではないかと。

「そのへんが、ちょっと腑に落ちないです」

「大騒ぎになるのはこれからかもしれんぞ、音乃」

「あっ！」

丈一郎の返事で、音乃も気づくことがあった。そして、瞬時に顔面が蒼白になる。

「春画をばら撒くというのは、そこに意味があるのかもしれん」

「密会が露見して、雪弥の相手を春菜さんになすりつける」

「雪弥の相手は、まだ誰だかは分からんのであろう」

「ですが、二十五歳過ぎの中年増と。春菜さんは、まだ二十歳にもなってないのですが」

「そんなのはあとで見間違いだったと、いくらでも言い繕《つくろ》うことができる。それと、大目付の娘としたら、齢だのなんだのってのはどうでもよくなるだろうよ」

「そうなると、あの春画はお姫さまの密会を隠すため……？」

「仕掛けられたとしても、あながち間違いではあるまい」

「ならば、なぜ春菜さんに白羽の矢を？」

「そいつは、なんとも言えん。どこかで、何かがつながっているのだろう。ただ、これで一つはっきりしたことがある。これはあくまでも仮にだが、この推測が正しいとすれば、大雅堂利左衛門がうしろで手を引いているのは確かだ。二人の密会の手はずも、利左衛門が段取りをつけていたとも考えられる」

「そうなると、富楽斎先生は……？」

「春画の元絵を画いたあと、口封じされたとも……」

丈一郎の仮説であったが、音乃はかなりの信憑性があると感じていた。

「なぜに、春菜さんが密会の相手なんかに……？」

音乃には、思い当たるところがあった。

「そうか。そこか……」

「そこってのは、どこだ？」

顎《あご》に手を当てて考える音乃に、丈一郎が問うた。

「狙いは、大目付様の失脚。お義父さま、大目付様に会ってみませんか」

「そうだな、音乃。井上様を失脚させることで、利を得るお大名がどちらか分かれば……。だが、大名家の偵察は幕府の極秘事項だ。いくら御家の窮地とはいえ、探索の最中にあるものを、井上様がおいそれと語ってくれるだろうか？」

「大目付様の失脚が狙いだとすれば、これは幕府への反逆でもございます。しかも、なんのいわれもないお嬢さまを出しに使うなんて言語道断。卑怯のほどは、鬼畜生にも劣ります。とても許せるものではございません」

音乃が、激しい憤りを口にしたところであった。

「いらっしゃいませ」

客を迎える声が聞こえ、音乃はふとそのほうに目を向けた。初老の、押し出しのよい商人風の男が茶屋の娘と話をしている。

「お二階のほうに……」

娘の声が聞こえると、男は板間で雪駄《せった》を預け二階へと階段を上っていった。

「もしかしたら、あれが大雅堂利左衛門……？」

しかし、天井を見上げるものの、二階での話を聞くことはできない。

二階では、二部屋取られている。一方の部屋には、未《いま》だ錣頭巾を被りっぱなしの武士と、床の間を背にした上座には姫が鎮座している。

もう一方の部屋には、家臣たちが有事のときの備えで控えているようだ。

「大雅堂利左衛門です。よろしいでしょうか？」

音乃の勘は、当たっていたのだ。商人風の男が、襖越しに自分の素性を語った。

「入れ」

頭巾に口が塞がれ、男の声はくぐもっている。利左衛門は、静かに襖を開けると摺り足で近づいた。

「松《まつ》姫様には、ご機嫌うるわしゅうございます」

姫の名は、松姫といった。

「まあよい。そなたたちは話があるのだろう。わらわに構わず、話をなされ」

茶うけで出された芝居饅頭を口に含みながら、松姫が返す。そっぽを向いて話すその粗野な態度に、利左衛門は顔を小さく顰めた。

「大雅堂がここに来るということは、何かあったのか？」

「はい。わか……いや、御前様」

外では、顔も名も伏せているようだ。御前と呼ばれた武士は、ここで錣頭巾を取った。

五十歳前後の男で、眉間に一本険のある縦皺が刻まれている。三白眼《さんぱくがん》から一点を見据える目に、凄みが宿る。利左衛門も、商人としては貫禄のあるほうだが、御前の鋭い眼には怯みが帯びるようだ。

「今しがた、大雅堂に不審な男が来まして、根掘り葉掘り聞いていったようでございます」

「不審な男だと?」

「さかんに、富楽斎のことを訊いていったようでございます」

「富楽斎のことをか。して、どのようなことを?」

「はい。富楽斎の錦絵はここで刷っているのかとか、肉筆画は置いてないかとか、まあそんなところです。うちの連中ですら知らないことを……」

「どこかで、聞き込んで来たのか?」

「手前が富楽斎の世話をしていたことは、誰にも……あっ、もしや?」

「心当たりがあるのか?」

「はい。いつぞや、富楽斎と料亭で呑んでいるところを、同業の男に出くわしまして。たしかあの男、浅草御門近くの茅町で地本を出す版元の主でした。そのとき酔った勢いからうっかりと……おそらく、そこで聞き込んだのかも」

「富楽斎の死を、不審として探っているのであろうか?」

「おそらくそうと思われます。ですが、町奉行所では富楽斎の死は、事故死として処理がなされているはず。となりますと、大目付からの手によるものと考えられます」

大目付と口にしたところで、松姫の顔が利兵衛に向いた。だが、それは一瞬ですぐに、松姫の目は手にする饅頭に戻している。

松姫に聞こえぬよう声音を落として、利兵衛の語りがつづく。

「たった数日で、ここまで探り当てるとは……」

「そうなると、かなりの手練《てだれ》の探索ってことになるな」

「あの絵の男が中村雪弥と分かり、絵師が富楽斎と知るには相当に智略のある者と思われます」

「しかも、そこから大雅堂を割り出したとあらば、これはうかうかとしておれんな」

「もしや、その手の者がこの近くにおるかもしれません。それと、御前のことも……」

「露見しているとでも言うのか？」

「いえ、まだそこまでは。ですが、かなり忍び寄っているだろうとは、充分に考えられます」

「そいつは、まずいな。どこかで見られているかもしれん。きょうのところは、おとなしく引き上げるか」

　御前が口にしたところであった。

「いやじゃ、いやじゃ。わらわは、雪弥と会いたいのじゃ。そのために、ここに来たのであろう？」

　話が聞こえたか、松姫が饅頭を放り投げて駄々を捏ねた。

「姫、お静かに。ここは、お屋敷ではございませんぞ」

　御前が、睨みを据えて松姫をたしなめた。それで、松姫はおとなしくなるも、顔はふくれっ面である。

「事は急ぎませんと」

「ああ、そうだな……あすの朝までにか」

　利兵衛の諫言《かんげん》に、御前が呟くように言った。

「近こう……」

　そして、御前が利左衛門に耳を近づけさせた。

「今夜は、姫を雪弥に会わせぬほうがよいぞ」

「そのほうが、よろしいかと手前も思います」

「わしらはこれで引き上げるが、あとはよしなに頼むぞ」

「かしこまってござりまする」

利兵衛が畳に手をつき、頭を下げた。

「姫、せいぜい芝居をお楽しみなされ」

言うと御前は、錣頭巾を被りなおし、ゆっくりと立ち上がった。

「おい、帰るぞ」

隣にいる警護侍に声をかけ、松姫と利左衛門をその場に残して去っていく。

第三章　描かれた謎

一

松姫と雪弥の縁は、地本問屋大雅堂利左衛門の手蔓《てづる》によるものであった。

この松姫、備中松島《びっちゅうまつしま》藩主で若年寄《わかどしより》も務める安西上総守勝重《あんざいかずさのかみかつしげ》の三女である。

御年二十五歳になるが、鬼姫と仇名がつくほど相当に勝気でわがままな性格から、嫁ぎ先が決まっていない。鬼姫の異名は大名家諸家にも轟《とどろ》き、縁談はことごとく断られる始末であった。

大雅堂利左衛門は、二年ほど前から、中村座の看板から役者の錦絵までを手懸けるようになった版元である。当世きっての芝居小屋の座元を顧客に持ち、幕府の重鎮を後ろ盾として、めきめきと頭角を現していた。

松姫が、初めて中村座に来たのも、利左衛門の導きからであった。桟敷《さじき》席から、目の前の花道を通る雪弥を一目見て、その虜《とりこ》となった。それからというもの、中村座に日参し、とうとう雪弥との密会にまでこぎつけるようになった。その段取りは、むろん利左衛門によるものである。それと同時に、雪弥の人気が鰻登《うなぎのぼ》りとなったのも、利左衛門の根回しによる力が大きく働いていた。

雪弥との縁が高じ、とうとう松姫は所帯をもつとまで言い張る始末である。役者との縁談は、絶対に許されるものではない。しかし、松姫はそんなことにはお構いなく我《が》を張った。

「——雪弥と添えなければ、わらわは死にまする」

本気で手首を切ったこともある。そのときは未遂で済んだが、言うことを聞かなければ、何を仕出かすか分からない鬼姫である。仕方なしにと、忍びの逢瀬《おうせ》だけは許されたのであった。

これまで雪弥と逢ったのは、四度ほどであろうか。互いの立場からすれば、そう滅多に逢えるものではない。逢う隔たりが開けば開くほど、愛しさが募ってくる。松姫は、自制が利かぬほど雪弥に恋焦がれるようになっていた。

雪弥のほうとすれば、松姫とは仕方なく逢ってやっていただけに過ぎない。出会い茶屋での逢瀬も四半刻ほどのことで、酒の酌《しやく》のやり取りだけで別れとなる。

「――そんなのはいやじゃ。わらわをもっと可愛がっておくれ」

科《しな》を作り、裾《すそ》から脹脛《ふくらはぎ》を晒《さら》しながら雪弥に縋《すが》り寄る。

四度目の、密会のときであった。

一月《ひとつき》ほど前のことである。

やはりそのときも、大胆に太腿《ふともも》まで露《あらわ》にして雪弥に縋り寄っていた。

「――なあ、雪弥。わらわと所帯をもっておくれ。わらわの父は幕府の若年寄。なんの苦労もなく過ごせますぞ」

所帯をもってと懇願され、雪弥は腰を引かせるほど慄《おのの》いた。そうとなったら、命までも脅かされる。

「いや、とんでもございません。一介の役者が、なぜにお大名家の姫君と所帯をもてまする」

雪弥にとって、身も凍るほど震撼した松姫の言葉であった。

松姫との密会すら世間に知れたら、役者生命が絶たれるほどの大事なのに。このへんが縁切りと、雪弥は口にする。

「もう、お姫様とは逢わぬほうがよろしいかと存じます」

「なんと！　誰か、ほかに好いた女子《おなご》がおるのじゃな？」

「いえ、そんな者おるはずがございません」

「いや、おる。誰じゃ、その女子は？」

「いや、おりませぬ」

松姫は、絶対におると言い張って利かない。立ち上がって帰ろうとする雪弥の袴《はかま》を握りしめ、引っ張って離そうとはしない。帰ろうにも帰れない雪弥は、業《ごう》を煮やした。

「ええい、聞きわけがならねえ女だ」

女形役者に似合わぬ、無頼《ぶらい》な言葉が雪弥の口から飛び出した。そして同時に、雪弥は片足の甲で、袴を握る松姫の二の腕を蹴り上げた。

「あれーっ」

衝撃で悲鳴を上げると、松姫は畳の上でもんどり打った。

「うぬ、雪弥。とうとう、わらわを足蹴《あしげ》にしおったな。それが、どういうことになるか分かっておるのか？」

松姫の、身の毛のよだつ鬼の形相に雪弥はたじろぎ我に返った。姫君を足蹴にした事の重大さに、見も心も凍りつくほどに怯える。

とんでもないことをしてしまったと、後悔しても遅い。

「どっ、どうか、どうかご容赦を……」

畳に這いつくばって許しを乞うも、一度癇癪《かんしゃく》を起こした松姫は手に負えなくなる。憎さが、愛しさを通り越した。

「いいや、許さぬ。雪弥はもう、切腹じゃ。わらわを邪険《じゃけん》にした報い、覚悟いたせ」

「ならば、所帯でもなんでも……」

「所帯はもたぬでよいが、なんでもわらわの言うことを利きよるか？」

「はっ、なんなりと……」

雪弥が言い寄り、松姫の機嫌もいく分治まりをみせた。

「ならば、今宵は……」

初めて、褥《しとね》の敷かれた脇部屋へと二人は移った。四半刻ならぬ、その夜は一刻の逢瀬を重ねた。

この出来事は、松姫と雪弥しか知らない——いや、もう一人知る者がいた。松姫の世話を引き受ける、大雅堂利左衛門が隣部屋に控えて二人の声を聞き取っていた。

階段から、ぞろぞろと侍たちが降りてくる。

「音乃、重鎮が家来を引き連れて帰るようだぞ」

「お姫さまは？」

「おらんようだ。二階《うえ》にまだいるのであろう。あとから来た商人も一緒かな？」

この時点では、まだ商人が大雅堂利左衛門だということを、音乃も丈一郎も知らない。ただ、勘が働いていただけである。

「どこの家中だ……？」

言うと同時に、丈一郎が立ち上がった。すでに、このあとの動きは打ち合わせてある。

丈一郎が武士たちのあとを尾《つ》け、音乃は姫様の動向を見張る手はずになっていた。

駕籠が動き出すのを待って、丈一郎は外へと出た。

御忍駕籠一挺に御前と呼ばれた武士が乗り、もう一挺は空である。

「姫に警護はいらんのか？」

駕籠のうしろにつく侍たちを目にしながら、丈一郎は独りごちた。芝居小屋の前の、喧騒の中を御忍駕籠は東に向かって進む。駕籠が二挺に、取り巻く侍が五人つけば少し離れていても目について追いやすい。だが、その追いやすい距離は短かった。

西堀留川につき当たり、堀に沿って一行は南下する。その道は、小網町の日本橋川へとつづく。

西堀留川の吐き出しに架かる思案橋《しあんばし》の袂《たもと》の桟橋に、屋形船ほどある大型の川船が一艘泊まっている。駕籠二挺ならば、難なく乗せられる、その船に、一行全員が乗り込んだ。舳先《へさき》で水竿《みざお》を手繰り、艫《とも》で櫓《ろ》を漕ぐ船頭二人を待たせていたようだ。一言指図すると、船はゆっくり動き出した。二人で漕ぐ船は、大川のほうに舳先を向けている。猪牙舟《ちょきぶね》が拾えず、丈一郎は仕方なく陸路で追った。

漁師が網を干す棚が並ぶ小網町を、日本橋川に目を向けながら追うも、船のほうがずっと早い。鎧《よろい》の渡《わた》しあたりまで追ったものの、船は遥か遠くに去っていく。

「これ以上追っても仕方ないか」

丈一郎は足を止め、そこであきらめることにした。

芝居茶屋に戻ると、まだ音乃はいる。

「早かったですね、お義父さま」

苦笑いでもって、音乃は丈一郎を迎えた。

「日本橋川を、船で行きおった。小網町の鎧の渡しあたりまで追ったが、遥か遠くに行ってしまい、とても追いつけんかった」

「ご苦労さまでございました」

そんなこともあろうかと、音乃は意にも介していない。

「そちらの方角に行ったとしたら、大川に出たのでしょうね」

「だろうが、その先は右にも左にも曲がれるからな」

「箱崎《はこざき》から永久島沿いの堀を行けば、大川の浜町河岸に出ますわね」

永久島は、三角州の形態をなす。昨日、源三の漕ぐ舟で行ったところだ。そんなところにも、何かの縁を感じる音乃であった。

「もっとも、あの武士たちがどこの家中の者たちか分からんし、こたびのことに関わりがあるとも言えぬからな。姫さまだって、まだ憶測の範囲でしかすぎん」

「左様でございますね。でも、二階にいるお姫さまのわがままぶりも、一端《いっぱし》のものがございます。それに、あれほどご器量がよいのに、嫁いでいないというのも気になります」

茶屋の娘が、まだお嬢さまと言っていたのを、音乃は真《ま》に受けている。

「もう、中年増の域なのであろうがな。あのわがままぶりでは、もらい手もなかろうよ」

笑いながら丈一郎が冗談めかして言うも、あながち間違いではない。

御齢二十五歳の松姫は、器量のよいわりには老けて見える。女も二十歳を過ぎれば年増、二十五歳で中年増、三十歳過ぎて大年増と呼ばれるようになる。

あの姫が、どうしても雪弥のお相手に思えてならない。音乃はそう考えながら、天井を見上げた。

かれこれ、茶屋に落ち着いてから一刻が経とうとしている。

昼の部がはじまる正午が迫っている。だが、二階から姫が下りてくる気配がない。

「雪弥の出る芝居がはじまろうとしているに、なかなか下りて来ないな」

「どうしたのでしょう?」

そこに、件《くだん》の娘が通りがかった。

「ちょっと、ごめんなさい」

音乃が、茶屋の娘を呼び止めた。

「先ほど二階に上っていった、お武家のお姫さま……」

「そういえば、まだ下りてきませんねえ。もしかしたら、裏の出口から出ていったのかもしれません」

「えっ、裏にも出入り口があるのですか?」

「はい。このお店は、表からも裏からも出入りすることができます」

「姫さま独りでか?」

「いえ。大雅堂のご主人とご一緒らしいです」

「えっ、大雅堂ですって」

音乃の驚く声に、茶屋の娘は訝《いぶか》しがるか表情がいく分歪んだ。

「もう、よろしくて？　お客さんが立て込んでますので」

「ごめんなさい、引き止めて」

忙しそうに立ち振る舞う、茶屋の娘が去っていく。

「やはり、あとから来たあの商人風の男が、大雅堂利左衛門だったらしいな」

「いざ知ってみると、やはり驚きます」

音乃が言ったところで、茶屋の娘が戻ってきた。

「聞いてみましたら、やはり先ほど裏から出ていったようでございます」

気を利かせて、娘が確かめてくれた。

「なんだか、警戒をしているみたいだな」

「はい。こちらの探りを知っているような、動きでございます」

「やはり、おれが大雅堂に行って富楽斎のことを訊き出したのを、利左衛門は不審に感じたのだな」

「それを告げに、ここに来られたものと。お義父さまのおっしゃるとおりだと思います」

「こいつは上と下で、互いの駆け引きになったかもしれんな」

もう、ここにいる用事はなくなったと、芝居茶屋を出るも、中村座の前は昼の部を観るための客でごった返している。その八割方は女である。雪弥目当てなのであろうか。その中に、姫さまらしき姿はない。そして、利左衛門の姿もない。

「どこからでも、好きなように小屋の中に入れるのだろう」

丈一郎が、呟くように言った。

二

その夜、音乃と丈一郎はこれまでの経緯を告げるため、与力梶村の屋敷へと赴《おもむ》いた。

「たった二日の間で、それだけのことが知れたか」

音乃から経緯を聞き、梶村が驚くように体を前に差し出した。

「はい。この一連の動きが、このたびの春菜さんの件と関わっているのに、相違ございません」

と、音乃は言いきる。

「音乃と丈一郎は、それは大目付の井上様を貶《おとし》めるための策略だと申すのだな？」

「はい。なんの関わりのないお嬢さまを出《だ》しにしてと、考えるのが妥当と思われます」

「それで、梶村様……」

「そうだとしたら、卑劣極まるな」

丈一郎が、声音を落として口にする。

「芝居茶屋に来ていたその一行が、どこの家中かを知ろうとあとを尾《つ》けたのですが叶わず、それでお奉行様を通して井上様にお会いできぬかと」

「なぜに、大目付様に？」

「おそらく、大目付様の監視の対象になっているご家中の仕業《しわざ》とも考えられまして。井上様を失脚させることで、利を得るお大名がどちらか分かれば……」

「おいそれと、調べ中の案件を語ってくれるとは思えんが、一応はお奉行を通してうかがいは立ててみよう。お奉行の返事があらば、巽の家に使いを差し向ける。だが、あすというのは無理であるな。お奉行は登城をなさらぬので、大目付様には会えぬ。早くとも、あさってになるが……」

「なるべく早くと思いますが、仕方がございません」

この一日が大事だと、音乃には思えてならなかった。だが、奉行榊原の伝手《つて》がなければ、大目付の井上に会うことはできない。もどかしいが、胸騒ぎを覚えながらも待つより仕方がない。

これと時を同じくして、大目付井上利泰の屋敷では、三女の春菜が父親と向かい合っていた。

大名すら震え上がる大目付の顔も、娘を前にすれば相好《そうごう》も崩れる。

「あと半月もないな」

利泰が、婚礼のことを口にする。

「はい。待ち遠しゅうございます」

「そうか、待ち遠しいか。依貞殿も、よくしてくれるのであろうな」

勘定奉行の一人である、若槻依近の次男依貞との結納を済ませ、あとは晴れの日を待つだけである。

「はい。とても、お優しいお方でございます。先だってもご一緒に、中村座に芝居を観にまいりました」

「そうか。よかったのう」

顔に笑みを浮かべるも、利泰の心の奥底は、言い知れぬ不安に苛《さいな》まれていた。

「私、中村雪弥が大好きでして……」

「だが、もう役者が好きだとは口に出せんぞ」

その中村雪弥がこの一件に絡んでいようとは、この時点で利泰は知る由もない。

「はい、心得ております。依貞さまとお会いする前は、あれだけ足繁く通っていた中村座にも足が遠のきます」

「春菜は、芝居が大好きだからのう。だが、依貞殿の前で絶対に役者の名を言ってはならんぞ。好きな役者がいると知ったら、男というのは、あまりいい気持ちはせんからな」

言いながら春画のことが脳裏をよぎり、利泰は一瞬顔を顰めた。

――いつ、あれがばら撒かれるかもしれない。

「どうか、なされましたか？」

「いや、なんでもない」

幸せになれよと、心底から言えぬもどかしさに利泰の苦渋が募る。

「ところで、準備は万端に、調《ととの》っておるのか？」

心の内をおくびにも出すことなく、むしろ顔には笑みを含ませて問うた。

「はい。花嫁衣装から嫁入り道具まですべて調っておりまする。あとは、その日を迎えるだけ……」

恥じらうように、顔を赤くして春菜が返した。

「そうか、それはよかった。婚礼まで、何もなければよいがのう」

「お父上、何もなければとは……？」

うっかりと口に出した利泰の言葉に、春菜の怪訝そうな顔が向いた。

「いや、なんでもない。早くその日が来ぬかと、わしも気が急《せ》くのよ」

利泰が笑いで誤魔化すも、顔が引き攣《つ》れを見せている。

――まだ、何も探れんのか？

利泰のほうは、音乃たちの報せを待ちかまえているようだ。だが、利泰のほうも北町奉行の榊原を介さなくては、音乃たちと直接会うことは叶わない。

――焦燥が募るも、ここは信じて待つより仕方がないか。

互いに越権を意識し、ここにいく分のズレが生じて後手を踏むことになるのだが、そこまでは考えがおよばぬ利泰であった。


一夜が明け、江戸は快晴であった。

めっきりと春めき、陽気に浮かれるか、朝っぱらからいつもより人の出が多い。江戸でも屈指の繁華街である両国広小路は米沢町の辻に、人が十人ほど群がっている。

立て札が掲げられ、そこに人々の好奇の目がいっている。

立て札には、一枚の錦絵が貼られている。それは、局部まで晒す男女の情交を描いた、春画というものであった。夜中のうちに、掲げられたと思える。

「こいつは、すげえな」

「いいんかい、こんなのが町中に貼り出されちまって」

「いいわけがねえだろ。それにしても、俺は初めてだぜ、こんなの見たの」

町人たちの会話で、場が騒然としている。

「やだよ、こんなものが人目に晒されるなんて。いったい御番所は、何をしているんだい？」

江戸市中の人々は、奉行所のことを御番所とか御役所と口にする。

男たちは一様に好奇の目を向け、女は目を逸らし、中には不快を露《あらわ》にして反吐《へど》を吐きそうな者まであった。

「おい、この絵に何か書かれてあるぜ。なんて、書いてある？」

字が読めない鳶《とび》職人風の男が、傍《かたわ》らの男に訊いた。

「兄《あに》いが読めねえものを、なんで俺に訊くい？」

「しょうがねえな。誰か、読めるやつはいねえのか？」

その間にも、さらに人が集まり倍ほどの数となっていた。

「これは、大変だぞ」

中には、文字に達者な者もいる。

「なんて書いてあるんで？」

「読めんのか？」

「ええ、すいやせん」

「だったら、知らんほうがよい。ああ、こいつは大事《おおごと》だ」

と言い残し、男が去っていく。知らないほうがよいと言われれば、余計に知りたくなる。これから仕事に出向くという忙しい刻なのに、職人たちは仕事道具を抱えたまま誰もそこを立ち退こうとはしない。

「誰か、読めるやつはいねえのかな？」

「ちょっと、どけ」

人を掻き分けて、浪人風の男が立て札の前に立った。

「こいつは、大変だ」

「なんて、書いてあるんです？　お侍さん、声を出して読んでもらえないですかねえ」

「これは読まんほうがよいが、それでは仕事に行けんな。だが、聞いても絶対に口に出してはならんぞ」

「ええ。あっしは、口が固いですから」

「ならば言おう。ここには『女　大目付井上利泰三女春菜』と書かれてある」

「なんですって！　大目付ってのは……」

「これ、さっそく口に出しおった」

浪人が、職人をたしなめたところで、

「どけ、どきやがれ」

十手《じって》を振るいながら顔の長い岡っ引きが、野次馬を掻き分けてきた。立て札の前に立つと貼ってある春画を引き剝がそうとするも、べったり貼られて破れてしまう。岡っ引きは、立て札ごと引っこ抜いた。

朝の早い町人が立て札に気づいてから、その間、四半刻にもならぬ出来事であった。

両国広小路の春画を取り除いたのは、長八であったが、それと同じころ、他に六か所ほどのところで、同様の光景が繰り広げられていた。

大方は、目明しや自身番屋の番人の手によって取り除かれたが、すでに実際に目にしてしまった者は百数十人におよぶ。

「——なんだか、大目付の井上様の娘があらぬ姿で男と乳繰り合ってる……」

そんな噂に、戸を立てられるものではない。

北町奉行所与力、梶村のもとに集められた春画と共に噂話が飛び込んできたのは、その日の正午《ひる》ごろであった。

北町奉行所に届けられた春画は四枚。立て札の柱は切られ、頭の部分がそのまま届いた。

「南町にも、届けられているはずだ」

その数までは、梶村の知れるところではなかった。

「まいったな」

歯軋《はぎし》りをして、梶村が苦悶の言葉を漏らす。

北町奉行の榊原忠之は生憎《あいにく》とこの日は奉行所にはおらず、登城もしていない。先代の法事で、高輪《たかなわ》の泉岳寺《せんがくじ》に墓参に赴いているはずだ。

「泉岳寺まで、使いを出すか」

奉行の盟友井上利泰の一大事に、梶村は榊原を呼び戻す決心をした。

「誰か、泉岳寺まで馬を飛ばして、お奉行に火急を報せてくれ」

「はっ」

部下の与力に、梶村が命じたところであった。どかどかと、廊下に足音を鳴らし、無断で部屋に入ってきた男があった。

「梶村はいるか？」

「お奉行」

泉岳寺に行っていたはずの、榊原忠之であった。その目は怒りを発し、吊り上がっている。

「増上寺近くの、浜松町《はままつちょう》の辻に……」

「例の、春画でありまするな」

「やはり、梶村のもとに届いておるか？」

「はっ、四か所ほどから。そのことで、今お奉行に報せをもたらせようとしていたところです」

「法事どころではなくなったので、戻ってきた。他所にも、立てられているのであろう」

「南町奉行所のほうにも、届いていると思われます」

「そう思い、途中南町奉行所に寄ってきた。しかし、筒井《つつい》殿は生憎《あいにく》と登城していてな……」

ときの南町奉行は、筒井和泉守《いずみのかみ》正憲《まさのり》である。年齢は忠之の十歳ほど下だが、互いに実力を認め合う仲であった。

「やはり、南町にも浜松町のものも含め三か所ほどから届いていた。越権とは思ったが、筆頭与力の根岸《ねぎし》には理由《わけ》を話し、探索を差し控えるよう促しておいた。とりあえず、納得はしてもらったが……」

もう、江戸中にこのことは知れ渡っていると知って、忠之はふっと憂いのこもる息を漏らした。

「だが、こうとなったらもう、噂を食い止めることは不可能であるな」

内部で口を封じても、この手の噂はあっという間に伝わる。

「あすにも……いや、きょうのうちに江戸中に広がるだろうよ」

「はっ。由々《ゆゆ》しきことでござりまする」

「しかし、嘆いてばかりいても、仕方あらんだろ。これから、どうするかだ」

この後の対処に、榊原忠之と筆頭与力梶村の考えが向いた。

「音乃と丈一郎はどうした？」

「はい。昨夜でしたが……」

　梶村の口から、昨夜音乃から聞いた経緯が語られた。

「もう、そこまで探っておったのか。どこかの、大名家が絡んでいると？」

「はっ。おそらく、大目付の井上様を貶めるための謀略とか……」

「それにしても、相手の出方が早すぎるな。この手の恐喝は、何か要求をつきつけてくるものだが、それがないうちに晒すとは何を考えているのか」

「こちらの動きを察しているようにも思われると、巽が言っておりました。その焦りからではないかと。そのため、大目付様と早い機会のお目通りをしたいと、お奉行の伝手《つて》を頼っておりました」

「だったらわしにかまわず……そうも、行くまいか。もっとも、伝手をつけようにも、もう晒されてしまったからの。後手を踏んでしまったか。ところで、なんといったかの、地本問屋の……」

「大雅堂の利左衛門ですか？」

「その者を捕らえて、白状させれば……」

「自分も音乃にそう申したのですが、まだそこまでの証しはつかめていないと。それと、もっと巨悪が絡んでいそうなのでと。かなり、根は深いようであります」

「大名家が、絡むと言っておったからな。大雅堂は、蜥蜴《とかげ》の尻尾《しっぽ》ぐらいにしかならんか」

「ここは、このまま音乃たちに任せたらいかがでしょう？」

「井上殿のことも気になるが、そうせざるを得まい。ならば、今夕にも井上殿のところに行けるよう手配をする。これから、書状を書くから巽の家に届けてあげてくれ」

榊原忠之からの書状を持参すれば、音乃の大目付への目通りが叶う。まずは、その手配を講ずることにした。

三

立て札の件は、すでに巽家にも届いていた。

報せをもたらせたのは、船頭の源三であった。

朝方、舟客を両国の袂まで送ったその帰り舟に乗せた客から、立て札に貼られていた春画の話を聞いた。

「——世の中には、すごい絵があったもんだね」

「ほう、どんな絵なんです？」

先日、富楽斎の家を探ったことと関わりがあると思い、源三は舟を漕ぐ手を休めて客に問うた。

「なんだか、大目付の井上様の三女っていうが、あそこを丸出しにして男と乳繰り合っている錦絵が張り出されていてな。あんなふしだらな絵、あたしは初めて見たよ」

そこまで聞いて、源三は押し黙り舟を漕ぎ出した。

――大目付の井上様ってのは、音乃さんの実父の……。

音乃の実の父である、道中組頭の奥田義兵衛が、井上利泰配下であるというのは源三も知っている。それと、春画のことも。

――絵に画《か》かれていた女ってのは……？

源三に、思い当たる節がある。

「こいつは、てえへんだ」

一言発すると、源三の櫓を漕ぐ手が早まった。

「おい船頭さん。ちょっと、速すぎるぜ」

新大橋の下を潜《くぐ》るところであった。危うく橋桁に舳先がぶつかりそうになり、客が大声を上げた。

「でえじょぶだから、しっかり縁につかまってておくんなせえよ」

客を、深川の佐賀町《さがちょう》で降ろし、源三は舟玄の舟着場に戻ると、そのまま押っ取り刀で、巽家へと駆け込んだ。朝五ツの鐘が鳴って、間もなくのことであった。

息せき切って源三は、巽家の遣戸《やりど》を乱暴に開けた。

「てっ、てっ、てえへんだぁ！」

滅多に聞かない源三の慌てた声が、家の奥にいる巽家三人の耳に届いた。

「源三さんみたいですね」

「相当に、慌ててるようだな」

大雅堂利左衛門のことを、詳しく探りに行こうとしていた矢先であった。

丈一郎と音乃が、足音を高くして戸口先へと出てきた。

「どうされました源三さん？　そんなに慌てて……まさか！」

言い知れぬ不安が胸の奥から込み上げてきて、音乃の口が途中で止まった。

「源三さん、お水。これを、飲んで……」

律が気を利かせて、茶碗に一杯の水を与えた。源三は、一気に飲み干すと落ち着きを見せた。

「先だって、音乃さんから聞いたすごい絵ってのが、両国広小路でもって……」

源三が、舟客から聞いた話を語った。

「その絵には大目付……」

「源三、それ以上は言うな」

傍らに律が立っている。丈一郎が、源三の口を止めた。その脇で、音乃が顔面を蒼白にして、体を震わせている。


まさかこんなにも早く、春画が世間に晒されようとは思わなかった。それだけは阻止しようとして動いていたのだが、止めることはできなかった。どれほどの数が、江戸中で晒されたのか分からない。だが、この手の噂は醜聞としてあっという間に広がるのが世の常である。とくに、幕閣である大目付の子女とあれば、話題として千金の価値があるとばかりに広がりを見せる。

源三から話を聞いて、悔恨極まる音乃と丈一郎は、立ち上がる気力もなくなるほど打ちひしがれた。

落胆激しく、動くことすら叶わずに半日が過ぎた。

筆頭与力梶村の下男又次郎が、巽家を訪れたのは夕方に入りかけの八ツ半どきであった。

「主が屋敷に戻られ、至急に来られたしとのことです」

梶村の用件は、おおよそ察しがつく。至急ということと、何よりも帰宅の刻が早過ぎる。春画の件であることは、言うまでもない。

着替えることなく、出かけることもできずにいたのだ。身形《みなり》の仕度は、朝の内にできている。

又次郎を待たすことなく、音乃と丈一郎は梶村の役宅へと向かった。

八丁堀の一角にある梶村の屋敷に着くと、梶村自らが玄関に立ち、二人を出迎えた。

「わしの部屋で……誰も、近づけるではない」

家来と家の者に言いつけ、梶村が部屋へと誘った。

「丈一郎と音乃は、立て札の件を知っているか？」

「はっ。今朝方、聞きました」

梶村の問いに、無念そうな声音で丈一郎が返した。

「これは、大目付井上様の私事《わたくしごと》ではない」

「すると、お奉行所にはすでに……？」

「江戸の各所に、例の春画が張り出されていた。おおよそは、立て札ごと目明しや自身番がすぐさま回収し、奉行所に届けられた。北町奉行所に四枚、南町に三枚……今のところ、回収されたのはそれだけだ」

たった七枚でも、賑わう場所で掲げられれば、威力は絶大なものとなる。浮世の話題に飢えている町人の間では、これほど沸き立つ醜聞はあるまい。まさに、大炎上が目に見えている。

「この日お奉行は、先代様の命日の法要で……」

梶村が、榊原忠之のことを語った。

「お奉行様は、ご存じでしたか」

「ああ。頭を抱えておった」

丈一郎の問いに、梶村が眉間に皺を寄せていった。

「申しわけございません。それだけは、阻止しようと……」

「いや、音乃たちのせいではない。むしろ、よくぞ数日でそこまで探れたとお奉行は感心しておった。ところで、今後のことだが……」

「はい」

音乃と丈一郎は、居ずまいを正して梶村の話を聞き入る。

「これから、二人で大目付様のところに赴いてくれ」

言って梶村が、懐《ふところ》から書簡を取り出した。

「井上様宛てに、お奉行の伝えが書かれてある。今後とも、この件は二人に任すとのことだ。ぜひとも、卑劣な奴らを暴いてくれ」

町奉行所では手が出せぬ案件に、梶村の憤りが募っているようだ。影同心としての密命が、音乃と丈一郎に向けて改めて下された。

今から井上の屋敷に赴けば、夕七ツは過ぎるころだ。いつもならその時分には、千代田城から戻っているはずである。

浜町は山伏井戸《やまぶしのいど》の近くにある井上の屋敷に、音乃と丈一郎は急ぐ足を向けた。

八丁堀から向かうには、江戸橋を渡り日本橋住吉町を通って、浜町堀の入江橋《いりえばし》を渡るのが早い。近くの堺町までは、昨日音乃が歩いた道である。

親父橋で東堀留川を渡ったところで、音乃と丈一郎をさらに震撼させる場面に出くわした。

一段高い踏み台に乗って、讀売《よみうり》の声が聞こえてきた。その周りには、人垣ができている。

「世の中に、こんな不埒《ふらち》なことがあるってんだから。身も心も純真無垢だと思われていたお嬢さまが、まさかの……ああ、これ以上語るのも辛《つら》いんでこれを読んでおくんなさいな」

讀売の口上《こうじょう》からして、紙面の内容は推測がつく。

「余計なことはいいから、早く売ってくれ」

周りの人だかりも、もっと詳しく話を知りたいと気が逸《はや》り、讀売を催促している。

「よし、急いで刷ったんで少々値が張るが、三十文て値打ちの記事だ。読んで、損はありませんよ」

大概の讀売なら、三文か四文が相場である。通常の十倍にしても、売れる価値があると踏んだようだ。

「お銭《ぜに》を出した人から順番に売るよ。さあ、押さないで押さないで」

高価でも、競うように紙面が売れていく。せっかく高値で買った者は、他人《ひと》に見せようとはしない。すぐに懐にしまい、家にもって帰ってゆっくり読もうということか。

今現在、この光景が江戸のあちらこちらで繰り広げられているとすると、さすがの音乃も愕然として足が竦《すく》む。

丈一郎が、三十文を払い一枚を手にしてきた。見たくないけど、見ておかなくてはならない。音乃は、薄目を開けて紙面に目をやった。

白黒で、挿絵が画かれてある。

男と女の情交を描写した卑猥な絵だが、局部は黒塗りにして隠してある。急いで刷ったたか、絵の出来栄えは悪い。見出しには『お嬢様の色事始』と、大文字で書かれそこには春菜の名はない。

記事を読むと、文章の中に『――大目付井上利泰様三女春菜』と、はっきりと書かれてある。

「ああ、たった一日で、江戸中に知れ渡った」

音乃の、呆然とした嘆きであった。膝も頽《くずお》れるほど、ガタガタと鳴っている。

「絶対に、春菜さんの汚名を晴らさなくては」

独りごち、音乃は気持ちを奮い立たせる。

「こんなところで、立ち止まっててはいかん。音乃、急ごうぞ」

「はい、お義父さま」

足を前に繰り出させるのは、ただただ気力だけであった。

四

井上利泰の屋敷には、以前音乃は一度来たことがあった。

旗本とはいえ、幕府の要職である。そのときは、門番が二人立っていたはずだ。今は正門の前に立つも門番はなく、ひっそりとしている。むしろその静けさが、音乃には恐ろしく感じられた。人が出入りする脇門には、閂《かんぬき》が架かっていない。

「入ってみるか」

丈一郎が脇門を開け、半分ほど体を入れたところで、目前に人が立っている。

「誰だ、そのほうは？」

白鉢巻をして、袴《はかま》は高股《たかもも》立ちにして襷《たすき》をかけ、手には六尺の寄棒《よりぼう》を持った侍であった。井上家の家来とは、明らかに様子が違う。

「大目付の井上様にご用がございまして……」

相手が家人や家来でなければ、北町奉行の名は、やたらとは出せないのがもどかしい。

「いや、ならぬ。というよりも、大目付様は屋敷の中にいない」

「まだ、お戻りではないので？」

「きょうは、戻るのが遅くなるであろう。分かったなら、帰れ」

と、けんもほろろである。

「ならば、お嬢さまは……？」

丈一郎と入れ替わり、音乃が顔を中に差し入れて問う。

「知らん。もうこの屋敷には一切、人の出入りはならんからの」

「えっ？」

驚いた音乃は、振り向いて丈一郎と顔を見合わせた。丈一郎も、苦虫《にがむし》を嚙み潰したように顔を歪めている。首を振って、出ていけと促しているようだ。音乃が、外に立つと同時に脇門が閉まった。

「どうやら、閉門か逼塞《ひっそく》になったようだな」

屋敷の門扉や窓を閉ざし、昼間の出入りが許されなくなる。逼塞の場合は三十日か五十日の期限がつくが、閉門の場合は期限なしの蟄居《ちっきょ》になることが多い。閉門となれば、このあとの去就が心配である。重い罪ともなれば、切腹もありうる。この騒ぎで、大目付井上利泰に幕府の沙汰が下されたのだろうか。明日になれば、門前に矢来《やらい》が組まれるのか。

「もう、沙汰が下されていたとはな」

思いもしなかったと、丈一郎が呆れ返る。

「それにしても、お義父さま。きょうの今日でお沙汰が下るとは、少し早すぎはしませんか？」

娘の不祥事を、親が負わされる。それだけ、幕閣の責任は重いということなのか。そうであったとしても、今朝の立て札がこの始末の原因だとしたら、いくらなんでも早すぎるというのが、音乃の見方であった。

「ああ。お城の中でのことはわしにも分からんが、ご処分が早過ぎるな」

丈一郎も、首を傾げて考えている。

そんなやり取りをしながら、しばらく門前を見張っていたが、井上家の家来たちの出入りはなく、代わりに脇門から慌しく幕府から差し向けられたらしき役人が、数人出入りしている。

四半刻ほど物陰に隠れて様子を見ていたが、役人の出入り以外は何ごともなく、日は暮れかかってきていた。

大目付の井上利泰は、帰って来る気配もない。何もなかったような、そんな静寂が武家屋敷町を支配している。

「音乃、ここにいても埒《らち》があかんだろう。もう引き上げるとするか」

「左様ですね、お義父さま。中に入って、春菜さんの様子も知りたいですが、これではどうにも……それにしても、春菜さんが心配」

うしろ髪を引かれる思いで、音乃と丈一郎が動き出そうとしたときであった。駕籠《かご》が二挺、井上家の脇門の前に横付けされたのを見て、音乃と丈一郎は再び物陰に身を隠した。

誰が駕籠から降りるのかと、音乃は目を凝らして凝視する。すると、一挺の駕籠からは光沢のある錣頭巾《しころずきん》を被った武士が降り立った。召し物からして、相当に身分が高そうだ。もう一挺からは、着姿からして二十代半ばの若侍が降り武士のうしろに立っている。二人とも、うしろ姿なので顔は判別できない。だが、井上利泰でないことは明白である。

脇門を開け、番人と話しているのか、立ち止まっている。二言三言やり取りがあると、二人の姿は邸内へと消えた。脇門が閉まり、元の静寂が戻る。

駕籠は去り、客の長居が予測される。

「あの頭巾、どちらかで見ませんでした？」

武士が被る、錣頭巾に音乃は思い当たる節があった。

「音乃は、芝居小屋前での茶屋と言いたいのだろうが、それはまさかであろう」

わがままな姫といたのは、大名某家の重鎮に見受けられた。大名家の一家臣が、大目付の屋敷を訪ねるはずがない。

「同じような錣頭巾を被っていただけで、同一人物とするのはいくらなんでも早計だろう」

「左様ですわね」

音乃も、丈一郎の言葉に得心をする。それでも、すんなりと中に入って行くことができたとすれば、かなり地位の高い者と見受けられる。

「あっ、もしかしたら？」

「もしかしたらとは、音乃は感ずるところがあったか？」

「はい。春菜様の縁談のお相手……かも……」

言い切れぬ、自信のない言葉運びであったが、今思いつくのはこれしかない。春菜の縁談が調っていることは、梶村からも聞いている。しかし、相手が誰かまでは聞いてはいない。

「となると……？」

縁談破棄かと、悪い想像が巡るだけである。

「大目付様がいなければ、すぐに出てくるのでは？」

「いや、その逆だな、音乃。客が誰にしろ、大目付様が留守とあればいつまでも待つはずだ。一度外に出てしまうと、閉鎖された屋敷内に入るのは、困難になるだろうからな」

井上利泰が戻るまでは、客たちは出てこないというのが、丈一郎の読みである。

「それと、よしんばあの客が縁談の相手だとしても、この件には関わりのないことだ。春菜さんには気の毒だが、おれたちが踏み込むことではあるまい」

「左様ですね。わたしたちが春菜さんのためにしてあげられるのは、こんなでっち上げを覆すこと。それにしても、あんな物を世間に晒すなんて、人間のやることではありません。まったく、怒りで頭が破裂しそうになります」

「怒るのも大事だが、ここは冷静にならんといかんな。それにしても、何が目的か分からんが、やることに度が過ぎていると音乃は思わんか」

「それは感じております。手段もかまわず、よほど大目付様を潰《つぶ》したいのでございましょう」

「今は、相手のほうが効を奏しているようだ。しかし、このままでは済まされん」

「……大目付様が潰れて、喜ぶ大名家」

それを聞きに屋敷を訪れたのだが、とても大目付に会える状況ではなくなった。日は暮れかかっている。待っていても、これからやってくるのは漆黒の闇である。

「引き返そうか」

「はい、お義父さま」

井上利泰の屋敷に目を向けながら、音乃と丈一郎はその場をあとにする。

音乃の懐にしまわれた、北町奉行榊原忠之の書簡が、利泰の手に届くことはなかった。


帰路も、八丁堀を通る。

与力梶村の屋敷に立ち寄り、成り行きを告げた。

「なに、閉門だと！」

梶村さえも、奇声をあげて驚く始末である。それほど、幕府の対応は早すぎるということだ。

「もう、そんな沙汰が下されていたのか」

「はい。それで、邸内に入ることも叶わず……」

言いながら、音乃は懐から未開封の書簡を差し出した。封印がされた書簡を、開けて読むことはできない。

「あす、お奉行に返すことにしよう」

「それとです、すでにこんな物が……」

丈一郎が、辻で買った讀売を取り出した。畳に広げられた讀売に目を落とす梶村の顔が、不快そうに歪んだ。

「もう、こんなものまで出ておったのか。まったく、けしからんな」

世の中の出来事を書き立てられても、町奉行所で取り締まれる範疇《はんちゅう》ではない。卑猥な部分を、墨で隠せば文句もつけられぬ。

「これでは、井上様の失脚も多いにありうるな」

「それを、止める手立ては？」

「真実を暴くこと以外になかろう。その、確たる証拠をつかむことよ。だが……」

「だが、なんでございます？」

「だが、一度沙汰が下されたら、どんなに潔白でもご沙汰を覆すことはできん」

「なぜでございましょう？」

大目付の井上が失脚すれば、音乃の父親である奥田義兵衛の身上にもおよぶ。音乃は、一膝繰り出して問うた。

「欠員ができれば、すぐに後釜が任命される。そうともなれば、いかに潔白が証明されても、元に戻されることはない」

「もしもの場合、どなたが任命されるのでございましょう？」

「それは、わしにも分からんよ」

「どんなお方が、大目付になられますので？」

「ずいぶんと、音乃はそのへんをこだわるな」

「はい。後学のために、知っておきたく存じます」

「そうだなあ。うちのお奉行のような町奉行とか、勘定奉行などがその職責に一番近いところにいるな。たしか井上様は、長崎奉行を歴任してから大目付になられたと聞いている。三奉行以外からも、大坂《おおさか》町奉行とか、京都《きようと》町奉行などからの抜擢もあるはずだ」

「大目付となりますと、位も大名扱いになると聞いておりますが……」

　丈一郎の、問いであった。

「そうでなくては、大名家を監察できんだろう。それだけ権力が伴い、旗本とあらば、誰しもがその地位を望んでいる。なんといっても、旗本の出世頭だからな」

　音乃はこのとき、ふと井上家を訪れた、二人の客を思い出した。

「先だって、春菜さんの縁談がお決まりとお聞きましたが、お相手はどなたさまでございましょうか？」

「たしか、勘定奉行の若槻様のご子息と聞いているが、それが何か？」

「先ほど、ご身分の高そうなお方がお二人、井上様を訪れたのを見まして。もちろん、それが若槻様とは限りませんが……」

「いや、音乃。それに、間違いはあるまい。それは、縁談の破棄に来たのだぞ」

丈一郎が、決め付けるように言った。

「大目付の息女と、勘定奉行の子息との縁談はめでたいものだが、これもご破算になるだろうな」

「春菜さんと、そのご子息がお気の毒でなりません」

言いながら音乃は袂から手巾《しゅきん》を取り出すと、目尻をそっと拭った。

「とにかく、井上様が罷免されるとすれば、後継者が決まるのはさして時がかからんだろう」

「それには、どれほどの時がかかりますか？」

「きょうのあしたってことにはならんだろうが。後継者への引継ぎもあるだろうし、前職の後釜も決めなくてはならんからな。まあ、空席は十日ってところかな」

探索の期日が区切られる。しかし、音乃は怯んではいない。

「十日もあれば、充分です」

あのわがまま姫の大名家が、すべての元凶と音乃は踏んでいる。

——その尻尾さえつかめれば。

大名家がどこか、探るだけならさほどのことはないはずと、安易に考えている。だが、そう簡単にいかないのが、世の常である。そんな根の浅いことでないことを、音乃が思い知らされるのには、さほど時が必要ではなかった。

五

その夜のこと——。

船頭の人手がなく、源三は夜舟に駆り出された。吉原への、夜遊びの客の送り迎えも船頭の稼ぎの元である。源三は、夜は漕がないことになっているが、ときとして親方権六の頼みを引き受けることがある。その夜は、十四日月《じゆうよっかづき》で満月に近いとあって船宿は書き入れ時だ。

暮《くれ》六ツ半に吉原まで客を送り、そこから帰り客を拾って浅草の花川戸《はなかわど》で降ろすと、源三の舟は空舟となった。霊巌島の船宿に戻れば、それで今夜の仕事は打ち切りとなる。探索は待機の状態であるが、その後の報せもなくまだ動く気配がない。

「家に帰って、一杯やるか」

いつ、音乃からお呼びがかかるか分からない。束の間の癒しを酒に求めようと、源三は櫓を漕ぐ手を速めた。

両国橋から新大橋まで、およそ九町の隔たりがある。東岸は本所《ほんじょ》の御船蔵で、西岸は浜町の武家屋敷が建ち並ぶ。宵《よい》五ツを報せる鐘の音が、遠く夜のしじまを伝わって聞こえてくる。

両国橋を潜り、五町ほど来ると月明かりの中に新大橋の影が浮かんできた。さらに近づくと、欄干の円弧までが視野の中に入ってくる。橋桁の高さは四丈ほどもあろうか、天を見上げるほどの高さだ。

橋上で人だかりができている。みな、下流の方を向き源三から見えるのは人の背中であった。

さらに新大橋に近づくと橋上は視野から消え、間隔の狭い橋脚が目に入ってくる。衝突しないよう、櫓の操作に神経を使う。源三の舟が新大橋を潜《くぐ》り、下流側に出たところであった。

頭上から、人々の叫ぶ声が聞こえてくる。

「人が、飛び込んだぞ」

真下から見ると、途轍《とてつ》もない高さである。そこから身を投げれば、水面での衝撃だけでも命は助かりそうもない。

「あんなところから、飛び降りたんかい？」

源三は漕ぐ手を止め、あたりを見回し身投げ人を探した。

「おーい、船頭さん。あそこで……」

声が遠く、みなまで聞こえないが、幸いにも満月に近い月の明かりで指の向きは分かる。源三の猪牙舟の舳先から、一町ほど下流を指差している。一番近くにいる源三は、周囲に注意を促しながら舟を速めた。すると溺れているか、もがき苦しむ手が水面に見え隠れしている。

「あそこか……」

源三が櫓を手繰《たぐ》って舵を取り、近づいた。

「女か」

振袖を身に纏った、武家娘の身形である。飛び込んでから間がないので、まだ溺れ死んではいない。

「もしや？」

源三の六感に、閃いたものがあった。大目付の娘春菜という名が、瞬時に源三の脳裏をよぎった。

「こいつは、いけねえ」

浮かぶ袖をつかみ、引き上げようとするが、源三一人では舟に取り込むことができない。無理に引き上げれば、猪牙舟は転覆してしまう。

源三の難儀に気づいたか、川舟が数艘近づいてきた。

四人の手を借りて、なんとか源三の舟に乗せることができた。

まだ十七、八の若い娘であった。その年ごろにも、源三はなおさら覚えがあった。帯は解け、振袖は捲《めく》れて内側の襦袢がかろうじて肌の露出を防いでいる。頭につける、簪や櫛の類は流され元結も解けて、長い髪の毛が首に巻きついている。

「こいつはいけねえな」

水を多量に飲んでいるか、腹が膨らんでいる。気を失っているも、まだ命は残っていそうだ。しかし、このままでは意識を回復することなくお陀仏《だぶつ》となってしまう。

岡っ引きだった源三は、こういう場合の応急手立てを習っている。ただ、実践したことはまだ一度もない。それでもやらないよりはましだと、舟床に寝かせた娘の、両の胸の膨らみの間に、源三は両の手を重ねてあてた。

――まずは、心の臓に刺激を与える。

肘《ひじ》を真っ直ぐに伸ばし、真上から押す。六十数えるうちに百回押すほどの速さで、間断なく三十回。

それを終えると、源三は娘の口に自らの口をあて、大きく息を吹き込む。それを、二回。そしてまた、胸の圧迫を三十回して、息の吹き込みを二回。その繰り返しを、三度おこなったところで、娘はゲホッと噯気《あいき》を吐いた。それと同時に、口から多量の水を吐き出す。娘が見せたその苦しげな顔に、源三と取り巻いていた者たちはほっと安堵の息を漏らした。

「これで、ひと安心だ」

一命は取り止めた。あとは、安静にして寝かしつけ医者に見せれば、そのうち意識は回復するだろう。

源三は、自分でも一夜水に浸かっていたことがあった。

「あれは、虎ノ門《とらのもん》の橋の下だったな……おっと、余計なことを考えている暇はねえ」

早く船宿に連れて帰り、医者の診立てをさせるのが先だ。

「この娘さんは、舟玄でもって預かるぜ。おれの、知ってる娘だ。そこで、ここはみんなに一つ頼みがある」

同じ船頭仲間で、顔と名はみんな知っている。

「なんでえ？」

「このことは、誰にも言わねえでもらいてえんだ。ああ、たとえ目明しにもな」

源三は、口止めを頼んだ。以前、源三が岡っ引きであったこともみな知っている。

「ああ、いろいろとあるんだろうよ。黙っているから、しんぺえするねえ」

近づいていた舟は、みんな散っていった。

娘にとって、幸いだったことが三つ重なった。

一つには、振袖を着ていたということだ。四丈もある高さから飛び降りたら、大抵は水面の衝撃で気を失う。だが、振袖がはためき鳥の羽の役目を果たし、その分衝撃が緩和されたようだ。それと、振袖が浮き袋の代わりとなって、身が沈まずに済んだ。

二つには、この夜が満月前の十四日月だったからだ。その月が、煌々《こうこう》と川面を照らし、提灯がなくてもすぐに近寄ることができた。

そして、三つ目は源三に助けられたことだ。

「まだ、死んではいけねえってことだぜ、お嬢さん」

胴間《どうのま》に横たわる娘に、櫓を漕ぎながら源三が語りかけた。

舟玄の桟橋から、船頭たちの手により娘の体は引き上げられると、船宿の一部屋に寝かせられた。

「三郎太《さぶろうた》、源心《げんしん》先生を呼んできてくれ」

「へい」

親方権六が、若い船頭を医者のところに遣わせた。源三は、音乃に報せをもたらそうと巽家に足を向けた。

「こんばんは……」

遣戸《やりど》を叩くと、出てきたのは律であった。

「旦那と、音乃さんは？」

「まだ帰ってこないのよ」

宵時分に、源三が訪れるのは珍しい。まだ宿の印半纏を着ているところは、仕事の最中と取れる。その源三が、顔を赤くして上気している。

「源三さん、何かあったの？」

「へい。大川で溺れていた娘を助けて、舟玄まで連れてきやした。今、船宿で寝かしつけ……」

「いつぞやの、源三さんと同じじゃないの」

半年ほど前、虎ノ門の橋桁に引っかかって水に浸かっていた源三を、音乃たちが助けたことがあった。

「へい、因果は巡るってことでやすねえ」

「その娘さんてのは、まさか……？」

律も、今朝ほどの件で知っている。

「いや。身元を示す物は何もねえんで、まだなんとも言えやせんが、あっしもおそらくと思いやして……」

「生憎《あいにく》と、まだ戻ってないのよ。夕方、梶村様からお呼びがかかったまま……それにしても、遅い……」

と、律が言ったところで、源三の背後から声がかかった。

「どうした、源三？」

丈一郎の、声であった。


音乃と丈一郎が舟玄に赴くと、以前源三が介護されていた部屋に、娘が寝かしつけられている。

寝巻への着替えは、女の手でなされたのだろう。今は、すこやかな寝息を立てている。

枕元で、医者の源心が安堵したような顔で座っている。

「源三さんの、応急処置がよかったのだろう。命の心配はないが、しばらくは目を覚ますこともなかろう。気つけの薬を置いておくから、目覚めたら飲ますがよい」

そう言い残すと、源心先生は帰っていった。

「お世話になります」

音乃が、権六に深く頭を下げた。

「いいってことよ。ところで音乃さんは、この娘さんが誰だか分かってるのかい？」

見ず知らずの娘だったら、こんな礼は言うまいと権六は思ったのだろう。

「はい。以前に一度、お会いしたことがございます」

音乃の話に、源三もやはりそうだったかとうなずく仕草を見せた。

「やはり、そうか」

丈一郎も、音乃の言葉で寝ている娘が春菜だと知った。

「源三さん、よく助けていただきました」

音乃が、畳に額を擦りつけて礼を言う。その声音は、涙でくぐもっている。

「いや、とんでもねえ。頭を上げておくんなさいな」

「死なないで、よかった」

音乃の目は、涙で充血している。心の底から安堵しているのが、端からでもよく分かる。

六

やがて音乃の気持ちも落ち着き、源三から助けたときの様子が語られる。

春菜を介添えする形で音乃と丈一郎、そして源三が座っている。安心したかのように、春菜は眠っている。

「今夜は、わたしがついていてあげます」

「疲れているだろ。源三は、帰って休んだらいい」

丈一郎が、源三を労わる。

「いや、とんでもねえ。今朝方から話がどう転んだのか聞かねえと、ゆっくり寝てはいられねえですぜ」

「よし、分かった。脇に座って、耳を貸せ」

まだ、誰にも耳に入れさせたくない話である。源三だけには知っておいてもらいたいと、丈一郎は要点だけをかいつまんで語った。

「大目付の屋敷が閉門……！」

「声がでかいぞ、源三」

「すいやせん。つい、うっかり」

「そんなんで、梶村様のところに寄って話し込み、帰りが遅くなった」

「そういうことでしたかい」

源三が、二度三度とうなずく。

「春菜さんの身を案じていたが、こんなことになっているとは思わなんだ」

丈一郎の声音も、心底からほっとしているのが分かる。

「この春菜さんて娘さんは、運気の強いお人ですぜ」

「どういうことだ、源三？」

「普通なら、新大橋のあんな高いところから、大川に飛び込んだだけでも助かりやせんぜ。それと、今夜の月はいつもより増して明るかった。そして……」

「たまたま通りかかったのが、源三さんってこと」

音乃の顔に、笑みが戻っている。

「本当に、運気の強いお方です」

先の展望が開けるような、そんな心持ちで音乃は春菜の寝顔に見入った。

「あしたから忙しくなりそうだ。そんなんで源三、ここのところはおれたちに任せて、家に帰ってゆっくり休んでくれ」

「へい。分かりやした」

「朝になれば、春菜さんも目を覚ますでしょう。それまでわたしがついていて……」

「そうはいきませんよ、音乃」

音乃の言葉を止めたのは、部屋に入ってきた律であった。

「音乃も疲れているでしょう。目が真っ赤ではありませんか。ここは私に任せて、家でゆっくりとお休みなさい」

ここで役に立とうと、律が春菜の介護を申し出た。律も、北町影同心の一員だと自負しているのだ。


翌朝、目を覚ますと音乃と丈一郎は、朝稽古を休み舟玄へと足を向けた。

船宿の朝は早い。桟橋には船頭が数人で、舟の掃除をしている。客が捨てていったごみなどが、けっこう舟の底に残っている。その中に、源三の姿もあった。

音乃と丈一郎に気づき、源三が川端から上がってきた。

「おはようごぜえやす」

「さすが、お早いですね」

朝の挨拶を交わしてからの、立ち話となった。

「春菜さんは、お目覚めかしら？」

「あっしが見たときは、まだ眠っているようでした。奥さまも、うつらうつらしているようで……」

「それじゃ、看病にならんじゃないか」

苦笑を漏らして、丈一郎は言った。

部屋に入ると、律が春菜の枕元でうつらうつらしている。春菜はまだ目覚めていない。寝顔の穏やかさに、音乃はほっと一安心を覚えた。

「これ、律……」

丈一郎が律に呼びかけると、はっとその目が開いた。

「あらあなた」

「一晩中、ご苦労だったな。春菜さんはまだ目覚めてないようだ。あとはこっちに任せて、家に戻って休め」

ここで、律と交代となった。

春菜が目覚めたら、律の前では語れないこともある。丈一郎は、そこに気を巡らせた。

すぐにも聞きたいことがたくさんあるが、無理矢理起こすわけにもいかない。辛抱強く、春菜の回復を待った。

それから、半刻も経っただろうか。朝五ツを報せる鐘が、早打ち三ツの捨て鐘を鳴らし、そして本撞きの四ッツ目が鳴って余韻が響き渡ったところだった。

「……ん？」

春菜の目が開き、首が左右に動いた。

「ここはどこ？」

小さな声で、春菜が問いを発した。

「おお、気がついたようだ」

「よかった、目が覚めて」

音乃の喜びも、一入《ひとしお》である。その声に、くぐもりがあった。

医者の源心から、目覚めたら気つけ薬を飲ませるようにとことづかっている。まずは春菜の上半身を起こし、その一服を飲ませた。

「ご気分は、どう？」

「私、生きてましたか」

春菜の首がうな垂れ、死ねなかった悔しさが心の内にあるようだ。

「まだ死んでは駄目と、春菜さんはこの世に戻されたのです」

「なぜに、私の名を？」

「以前、お会いしたことがあるから。わたし、音乃と……」

「あっ、思い出した。もしや、奥田様の……？」

「はい、娘です。今は、巽家に嫁いでおりますが」

春菜も、音乃のことを忘れてはいなかった。懐かしいものでも見るような、春菜の目つきであった。

「こちらは、わたしの義理の父であります……」

「巽丈一郎と申します。どうぞ、よしなに」

丈一郎が、自らの名を語った。

体を起こしていては疲れるからと、春菜は再び横になった。それでも、話はつづけられる。気つけ薬が効いているようで、口調もしっかりとしたものになっている。

音乃の口から、助けられた経緯が語られた。

「ここは、春菜さんを助けてくださった、船頭の源三さんがいる船宿。舟玄というお店で、ご主人は権六さん。みなさん、とてもいい方たちなので安心なさってください」

音乃が語るところで、女の声がした。

「お粥《かゆ》ができたけど、食べない？」

権六の女房で、お登勢《とせ》といい、今年四十五歳になる、元は女だてらに船頭をしていた。日に焼けた顔は丈夫そうで、気性も男のようにさっぱりしている。

「ここに置いておくから、音乃さんが食べさせてやって」

「はい。ありがとうございます、お登勢さん」

「いちいち、礼などいいのよ。それでは、あたしは仕事があるんで」

と言い残し、すぐにお登勢は部屋から出ていった。それを、お登勢の気の利かせ方だと音乃は取った。

「お粥を食べたらいいわ。精力をつけなきゃ」

春菜を起こし、食事を摂らせる。腹が空いていたか、立てつづけに二杯の粥を食し、その食欲に音乃はほっと笑みを浮かべた。

お粥を摂ると、春菜の顔色はさらに血色がよくなった。

「もう、大丈夫だ」

丈一郎も、さかんに首を上下に振って安堵している。それでも、もうしばらく休んだほうがよいと、春菜を寝かせながらの話となった。

「すごくいやなことがあったのでしょう。でも、安心して。きっと、お義父さまとわたしが春菜さんを助けてあげる」

「ありがとう」

「そのため、春菜さんが知っていることを、みんな話してくださる？」

「はい。でも、なぜに音乃さんが……？」

「これは内緒なんだけど……」

音乃は、ここで声音を落とした。

「春菜さんの、お父様から頼まれたの」

「えっ、父上から？」

「はい。その経緯は事情《わけ》があって語れないけど……」

「分かりました。以前父上から、音乃さんのことを聞いたことがございます。大した女の人だと……私も、音乃さんを信じてお任せします」

「そうしてもらうと、ありがたいです。それで、ちょっと話しづらいことも訊きますが、よろしいですか？」

「なんなりと」

覚悟はできていると、春菜のはっきりとした返事であった。

春菜の気持ちを汲み取った音乃は、この問いから入る。

「春菜さんは、春画のことを知ってます？」

「はい。きのう、初めて見て知りました」

「誰から見せられましたの？」

「勘定奉行の若槻依近様からです」

やはり昨日の客がそうかと、音乃は憶測が正しかったことを知り、小さくうなずいた。

「そのご子息さまと、縁談が調っていたようですね」

「そこまで、ご存じでしたか」

「はい。きのうの夕刻、若槻様とご子息がお訪ねになりませんでした？」

「えっ、ご覧になったのですか」

「はい。きのう、お屋敷の外におりましたから。大目付様を訪ねましたら、すでに幕府のお役人さまが。お屋敷は閉門になって入れず、そこに二挺の駕籠が着き……もしやそれが、勘定奉行様ではなかったかと」

「役職を言ったら、すぐに屋敷内に入れたと申しておりました」

「ご子息のお名は、なんと言われます？」

「依貞さまと申します」

「……よりさだ」

音乃は、その名を頭の中に覚え込ませた。今の今まで、この名は関わりがないと思っていたが、春菜の話の中でその気が変わった。

「若槻様が訪れた理由は、おおよそ見当がつきます」

そこまで春菜に語らせては酷だと、音乃は話を省略させるつもりであった。しかし、春菜は自ら口にする。

「縁談の、破棄でした。こんな物が出回っていたと、依貞さまは私の膝元にあの絵を置かれ『この、裏切り者！』と、罵られておりました。身に覚えがないと言っても聞いていただけず……」

春菜の口から嗚咽《おえつ》が漏れ、あとが言葉にならない。

「辛いでしょ。もうそれだけで……」

「いいえ、大丈夫です。そこで依近様が『息子の依貞が、これほど怒っておる。きょうは縁談の破棄を……』と、聞いたと同時に目の前が真っ暗になりました。どうやら気を失って、そのあとのことはどうなったか。気がつくと、外は暗くなってました。

周りに人はいません。私は屋敷を抜け出すと、死にたい一心でどこをどう歩いたか……新大橋から飛び込んだことすら、覚えていません。音乃さんから話を聞いて、そうでしたかと知った次第です」

茫然としたまま、春菜は徘徊《はいかい》したのであろう。この話の一連で、音乃は一つ気になることがあった。

だが、ここではそれを口にすることなく、これも頭の中に留め置くことにした。

七

春菜からの聞き取りは、まだまだつづく。

「どう、疲れませんか？」

「いいえ。ぜんぜん……平気です」

音乃が気を遣うも、春菜のほうから望んでいるような返事であった。

「春菜さんは、お芝居が好き？」

「はい。大好きで、中村座にはよく足を運びます」

「ということは、中村雪弥がご贔屓なんでしょ」

「あら、よくそれを」

「今どきのお嬢さまは、雪弥を目当てに……ところで、その雪弥ですけど」

「雪弥が、どうかなされまして？」

「春菜さんは、お気づきになられなかったかしら？」

「何をでしょう？」

　この一件の、最も重要な鍵となる部分に話が差しかかる。息詰まるような、若い女同士のやり取りを、傍らで丈一郎が固唾《かたず》を呑んで見やっている。

「話を戻しますけど、あの春画のお相手がそれとなく中村雪弥の顔に似ていたと……」

「えっ！」

　春菜の驚く顔で、その答は知れた。

「そうね。気づく前に、気を失ったのですよね」

　あの醜態を晒す娘が自分だと言われたら、誰だって正気を失うのは容易に想像できる。しかも、縁談がまとまろうとしている、相思相愛の相手から罵られたのだ。春画に画かれた男役まで見ることもなく、春菜はその場で気を失った。

「春菜さんは、雪弥と話をしたことがあるの？」

「いえ、とんでもない。話したことなど一度もありません。いつも遠くから……あっ、そういえば……」

「何か、気づいたことがあるの？」

「そういえば、一度だけ。でも、あれは話したことになるのかしら？」

「どんな些細なことでも、話してくれる」

「一月《ひと》ほど前だったかしら……」

春菜はたびたび屋敷を抜け出しては、一人で観に行くほど芝居好きであった。父親の利泰も、そのくらいならと大目に見ていた。

「中村座の、楽屋の入り口近くで、雪弥が入るのを待っていたんです」

人気役者を近くで一目みたいと、楽屋入りを狙って待ち受けるのは、武家、町人問わず、若い娘たちがよくやることだ。

「雪弥が駕籠から降りて来たとき紙入れを落としたのを、私が拾ったんです。その場で渡そうと思いましたが、立ち止まるとあっという間に贔屓客に囲まれてしまいます。それで渡しそびれて、しばらくしてから楽屋を訪れたのです」

「そこで、会えたの？」

「はい。中村座の人が、拾ってくれたお礼と言って、特別に楽屋に案内して会わせてくれました」

「雪弥とは、どんな話をしました？」

「それはすまなかったねと、礼を言われただけ。私のほうは舞い上がってしまい、そのとき何を言ったか覚えていません。たしか、自分の名を言ったのは、分かってます」

「たった、それだけ？」

「はい……」

春菜が、首を傾げて真剣に考えているが、それ以上思い出すこともなかった。

「そのとき、何か気づいたことがなかった？　たとえば、そこを誰かに見られたとか……と言っても、楽屋にはいろいろな人がいるでしょうけど」

「いえ、ちょっと待ってください。そういえば、楽屋までの通路で……どこかのお姫さまらしき人とすれ違いました。派手な緞子の衣装で、頭の飾りも煌《きら》びやかな、まさしくあれはどこかのお姫さま」

お姫さまとくれば、音乃にも心当たりがある。丈一郎と顔を見合わせ、小さくうなずきを見せた。

「どんなお顔立ちでした？」

「さあ」

あわよくば、茶屋に入ってきた女と照らし合わせたかった。しかし、さすがにそこまでは春菜も覚えてはいない。

「そのとき、お姫さまはお独りでしたか？」

姫が一人で、楽屋に来るはずがない。誰か、案内をした者がいるはずだ。それが誰かと知れれば、大きな発展をきたす気がする。

「誰か、近くにいたような……うーん」

一月前のことである。そのような記憶は、脳みその中に溶け込んでしまっているだろう。

「そうだ」

春菜の顔が、丈一郎に向いている。この日も丈一郎は、二本差しの侍姿ではなく、伊賀袴《いがばかま》を穿《は》いた雅人《がじん》の装いである。

「異様と、同じ格好をした男の方がおそばに。お年を召したお方のようでした」

「えっ！」

音乃が驚くのも無理はない。その男こそ、尾上富楽斎と思われる。

——富楽斎が、姫さまと雪弥の取りもちをしていたのか？

「それと、もう一人いたような……」

──もしや、大雅堂利左衛門？

音乃の脳裏にその名がよぎったが、春菜の言葉からは確たる証《あか》しは得られない。自分以外の娘が雪弥に近づいたの見て、何を思ったかは定かでないが、姫が不快に思ったのは想像できることだ。

春菜が、首を傾げて考えている。言葉にするのをためらっているようだ。

「なんでもいいから、話してくださる？」

音乃の促しに、春菜は話すきっかけをつくったようだ。小さくうなずき語り出す。

「はい。その日でしたか……」

「何か、あったの？」

「変な人に、あとを尾《つ》けられているような気がして……」

「変な人って、どんな人？」

「芝居が跳ねて中村座からの帰りに、ふと変な気配を感じまして。お屋敷に入ると脇門を少し開け外の様子を見たら、お武家さんのような人が立っておりました。門番のお方が、何かご用かと訊ねてましたが、何も言わずに立ち去りました」

「間違いなく、春菜さんを尾けてきたのでしょうね」

それで、大目付井上利泰の三女と知ったのだろう。春菜という名は、後になって、いくらでも調べられる。

「そのことを、大目付様に話されました？」

「いいえ、父上に話すまでのことはないと。余計な心配をかけてはと、黙っておりました」

大目付となれば、それでなくても多忙である。私的なことで、幕閣を煩《わずら》わせてはならないと、春菜が遠慮するのも分かる気がする。

至極重要なことを聞いたと、丈一郎のうなずきがあった。そして、音乃は話題を別のほうに持っていく。

「春菜さんは、こんな話を聞いたことがある？」

「どんなことでしょう？」

「中村雪弥とどこかの大名家のお姫さまが、逢瀬を重ねている噂が立っているらしいのですけど」

「いいえ、まったく知りませんでした。ということは、楽屋ですれ違った……？」

「噂が本当でしたら、そうかもしれませんね」

同じ雪弥贔屓でも、お里は知っていて、春菜は知らないと言う。

「……いったいお里ちゃんは、誰から聞いたのかしら？」

誰にも聞こえないほどの小さな呟きを漏らし、音乃は考える。その名をお里は隠したが、その者こそ大きな鍵を握るのではと、音乃は勘を巡らせた。

疲れたのか、春菜の瞬きが多くなっている。問いもここが限度と、春菜を休ませることにした。

「春菜さんも、お疲れのよう」

音乃の言葉と同時に、春菜が眠りについた。


ずっと音乃と春菜の話を聞いていた丈一郎が、口にする。

「これはどうしても、あの姫さまがどこのご家中か調べねばならんな」

「わたし、これから中村座に行ってきます。そちらでしたら、楽屋に入り浸っていたと思われるお姫さまのことを、誰かがご存じでしょうから」

「そうだな。おそらく、名は明かしておらんだろうけど、一応当たってみるのが筋だ。だが、相手もこっちの探索に気づいているようだし、心してかからんといかんな」

「心得ております。これから、町人の娘に着替えて、うまく当たりますわ」

「よし、頼むぞ。それと、井上様のところに、お嬢さまは無事だと報せてやらなくてはならんな。大目付様も心配なされているであろう」

だが、屋敷の中には入れない。どうして伝えようかと、丈一郎は頭を悩ませた。

「お義父さま、よい考えがございます」

「聞かせてくれ」

「ちょっと、お耳を……」

丈一郎をそばに寄せ、音乃は小声で策を語った。

「えっ。そんなことができるのか？」

「ただし、今すぐというわけにはまいりません。早くとも、夕刻まで待ちませんと……」

「であろうな」

「それと、まだまったくの憶測ですので語ることはできませんが……」

「いや、それについてはおれも気づいている。おそらく、音乃が考えていることと同じことだ」

「お義父さまも……さて、どんな？」

「いや、おれもまったくの憶測だ。音乃から今の話を聞いて、そうじゃないかと思った」

「でしたら、まだ一切口に出せませんね」

「ああ。他人《ひと》に知れたら、大変なことになるからな」

互いに頭の中にあることを語らぬままも、音乃と丈一郎の考えは一致しているようだ。

第四章　四文銭の帯留《おびどめ》

一

姫さまと雪弥が、どれほど情が通じているかは分からない。

まずは姫さまの素性を知ろうと、音乃は中村座へと赴《おもむ》いた。今は、ここで聞き出すのが、一番手っ取り早いと踏んだからだ。探索を紛わすために、音乃は町人娘と身形《みなり》を変えた。髪型を、娘島田《むすめしまだ》に結い替える。そして、黒襟《くろえり》の黄八丈《きはちじょう》に着替え、花柄の帯を締めれば誰も二十四歳とは思わない。無理矢理にも、五つ六つは年を下に見せられる。

「……この格好も、あとどのくらい使えるかしら？」

中年増になろうかという齢の重ねに、さすがの音乃も若作りには限界を感ぜずにはいられなかった。

「……できるだけ、誤魔化せるところまで行きましょう」

ぶつぶつと呟くうちに、中村座の前までやって来た。この日も昼の部の演目は『欅塚縁切河原心中』とある。

「おや？」

音乃が首を傾げたのは、出入り口の木戸の脇に掲げてある貼り紙を読んだからだ。そこには『本日　中村雪弥休演　代役片岡《かたおか》千恵吉《ちえきち》』と書かれてある。

「なんだ、雪弥は休演だって。来て損しちゃった」

音乃の背後で、娘の嘆く声があった。

「休演って、何かあったのかしら？」

音乃が独りごちたところで、ポンと背中を叩かれた。いきなりだったので、心の臓が飛び出すほどの驚きであった。

振り向くと、お里が立っている。

「ああ、驚いた。お里ちゃん、あまり驚かさないでよ。心の臓が飛び出すかと思ったわ」

「驚かせて、ごめんなさい。それにしても、音乃さんのその若作り、とてもお似合い。

やはり、きれいな女の人はうらやましい」

「そんなことより……そうだ、お里ちゃんに訊きたいことがあったの。ちょうど、よかった」

「きょう、雪弥が出ないから帰ろうと思ってたの」

「だったら、どこかでお昼でも食べない？」

「でも……」

と言いながら、お里が振り返る。

「いいのよ、お里ちゃん。あたし、先に帰る」

お里には、連れがいた。頭を小さく下げ、ごめんなさいとの思いを、音乃はその連れの女に向けた。


正午《ひる》まで半刻あるが、音乃は朝から何も食べていない。食事の摂れる蕎麦屋《そば》にお里を誘った。

長床几《ながしょうぎ》ではなく、そこは四人掛けの卓で食事を摂る店である。横に張られた腰掛に座り、卓を挟んで音乃とお里は向かい合った。

「さっそくなんだけど……」

体を前に乗り出し、音乃は切り出した。

「中村雪弥とお武家のお嬢さまの話、前に聞いたわね？」

昼前で客はほとんどなく、会話が他人に聞かれる心配はない。それでも、音乃は小声となった。

「はい。それが、何か？」

「その後、噂は聞かない？」

「まったく、聞かなくなりました。その代わり、喋ったら殺されるって噂のほうが……」

「喋ったら殺される？」

音乃も、初耳の噂である。

「どういうこと？」

「先だって、浜町の大川端で男の人が溺れ死んだって話、音乃さんは聞いてませんか？」

「えっ……いいえ」

思い当たるとすれば、富楽斎のことである。だが、音乃は知らぬ振りをして、お里の話を聞くことにした。

「不慮の事故らしいのだけど、本当は殺されたって話。誰かに、川に突き落とされて。どうやら、殺されたその人が雪弥とお嬢さまの噂の元ってらしいの」

まさか、そんな話がお里の口から聞けるとは思わなかった。

「音乃さん、どうかしましたか？」

呆然とする音乃は、お里の呼びかけで我に返った。

「いえ、なんでもないの。人が殺されたって聞いて、ちょっと怖くなっただけ」

言い繕《つくろ》うも、心の臓は高鳴りを打っている。

「ところでそんな話、お里ちゃんは誰から聞いたの？」

「ごめん、それは言えない」

「ということは、お里ちゃんと近いお方なのね？」

「なんで音乃さんは、そこまで聞きたがるの？」

「ごめんなさい。なんだか、お里ちゃんのことが、心配になってきちゃって」

お里には、雪弥を探っているとは知られたくない。音乃としては、その答えだけで充分であった。

――お里ちゃんの近くに、誰かがいる。

それが誰かと、音乃の気が巡った。

「そうね、分かった。あたしも、音乃さんだから話をするの。もう、口にするのも怖いわ」

「ええ。もう、そういうことは喋らないほうがいいわね」

音乃が言ったところで、注文の蕎麦がきが運ばれてきた。

・

富楽斎の死は、いろいろな事情が絡むようだ。

絵師として、用済みになったこと。姫さまの、火遊びの口封じ。そこにもう一つ、不隠な噂の揉み消しとして、というのが加わる。

「……それにしても、雪弥のお相手というのはどこのお方なのかしら？」

蕎麦がきを食べ終わり、口の周りを手巾《しゅきん》で拭いながら、音乃はふと口にした。呟きともいえる小さな声音だったが、それが向かいに座るお里に届いた。

「音乃さん……」

小声で、音乃を呼んだ。お里の顔が左右を向き、あたりを警戒しているようにも見えた。

「どうしたの、お里ちゃん？」

お里の様子に、音乃も小声で返した。周りの卓に、徐々に客が埋まってきている。

その分、声を小さくしようと気を遣う。

「相手の女って、相当身分が高いお姫さまのよう」

大名家の息女であろうことは、音乃も分かっている。知らないのは、それがどこの家中かってことだ。

「相当身分が高いって、それがどちらのお家かお里ちゃんは知ってるの？」

「絶対に喋るなって言われてるけど、音乃さんだから教えてあげる」

語るに引け目がないのか、さして迷いもなくお里は口にする。

誰から口止めをされているか、お里はその名を口にしない。だが、お里と近い関わりの者であることは知れる。

――それにしても、なぜにお里ちゃんはいろいろと、わたしに教えてくれるのかしら？

お里は、音乃が影同心という素性を知らないはずだ。

――それでも口に出すということは？

「……お里ちゃんは、わたし以外に、誰にも彼にも喋ってる」

お里にも聞こえぬほどの、小さな呟きであった。以前から、内緒話が好きな娘だったと、音乃は気づく。

——やはり、お里ちゃんから聞き出すのが一番早い。

音乃の気持ちは、ここで変わった。

そうだとしたら、周りの目が気になる。どこで、見られているかも分からない。音乃は警戒して背筋を伸ばした。卓から体を放し、ものを聞く姿勢ではない。

「お里ちゃん、外に出ましょ」

店は込んできている。お里の口を止め、音乃は外に出ることにした。

「まだ、お話が……」

「それを聞くには、周りに人が多いわ。もっと、静かなところで」

「はい」

お里も得心をしたか、腰掛から腰を浮かせた。

茶屋から出て、腰を落ち着けることのできるどこか静かな場所といっても適当なところがない。立ち話では、落ち着いて聞けそうにないと、音乃は場所に迷った。

「歩きながら話しましょうか。お里ちゃんは、まだ家を空けていてよろしいの？」

「はい。芝居を観てくると、言っておきましたから」

「優しい旦那さま。しょっちゅう芝居見物をさせてくれる寛大なご亭主って、なかなかいないものよ」

「ほんと。いいところにお嫁に来たと思ってます。齢が離れているだけに、余計に可愛がっていただけるようです」

「それはよかった。それにしても、材木屋さんて儲かるのね」

妻女を自由気ままに遊ばせる余裕を、音乃は秋田屋に感じ取った。

「うちは、秋田杉が主ですが、山桜などの版木も扱ってます。それがこのごろの錦絵人気で、けっこう売れているそう」

——版木ですって？

錦絵の版下を彫るには、山桜が最適といわれている。音乃の頭の中は、山桜の版木一点に向いている。

——これか！

口に出して叫びたかったが、そこは音乃も自重する。

「どうかしたの、音乃さん？」

どうもお里の話を聞いていると、心ここにあらずになる場合が多い。このときも、音乃の気はそぞろとなっていた。それだけお里の話は、音乃の胸のど真ん中に響くものがあった。

お里から、もっと話が聞きたい。だが、歩きながらでは話もしにくい。

いつしか二人は、歩きながら日本橋川に架かる思案橋まで来ていた。小網町の船着場には、小舟がいく艘も泊まっている。すると、一艘の猪牙舟《ちょきぶね》に音乃は人影を見た。船頭が着る印半纏の色に、音乃は覚えがある。目を凝らすと、やはり舟玄の印半纏であった。

源三ではないが、音乃のよく知る船頭であった。

「おーい　三郎太さーん」

手を振りながら音乃は堤から大声を発すると、その顔が上を向いた。

「おや、そんなところで……」

三郎太の笑顔に引き込まれるように、音乃とお里は桟橋に下りた。

話を聞くに、ちょうどよい場所が見つかった。

「春のうららの隅田川で、川遊びをしましょうか」

音乃が、お里を誘った。

二

三郎太なら、多少話を聞かれても心得ているので安心できる。

姫さまのこと以外にも、まだ聞きたいことができた。それは、お里の身にも関わると、音乃は万全を期すことにした。それほど気を遣わなくてはならない、お里の話である。

舟は静かに日本橋川を下る。穏やかな川の流れは、話をするのにちょうどよい。川遊びといっても、周りの景色を堪能する余裕は音乃にはなかった。胴間《どうのま》でお里と向かい合い、さっそく話を切り出す。

「雪弥のお相手のお姫さまに話が戻るけど、お里ちゃんはそれが誰だか知ってるの？」

「はい」

お里は、喋りたくてうずうずしているようだ。お針子の弟子であったときも、他人の噂は三度の飯よりも好きといった感じであった。

「誰にも言わないでくださいね」

内緒話を語りはじめるときの、お里の口癖である。

「もちろん、言わない。あたしだけに、内緒で教えて」

「音乃さんは、若年寄って知ってる？」

「若年寄って、若くてお年寄りのこと？」

知っていながら、音乃は惚けて世間知らずを装った。

「いいえ、幕府でももの凄く位が上の人。ご老中様に次ぐお偉方ってところかしら」

「それなら、聞いたことがある」

「その若年寄のご息女で、松姫さまが雪弥のお相手らしいの」

若年寄の定員は、三から五名と聞いている。今は、いく人その職責に就いているかは、音乃には分からない。

「その若年寄様が誰か、お里ちゃんは分からないの？」

「はい、そこまでは」

さすがに、お里の耳までは入るところではなかった。だが、松姫とその名が知れただけでも、音乃は万感胸に迫るものがあった。あとは、調べればすぐに知れることだ。

「その話、誰から聞いたの？」

「錦絵の版木を彫る、彫師さんから」

「お名は？」

「ごめんなさい。そこまでは、教えられない。その人が言うには『――雪弥好きの、お里さんだけに教えてやる』と言って。絶対に、名を出さないということで、話を聞いたの。その人に迷惑がかかるので、それだけは言えません」

「分かったわ。そうだわよねえ、わたしが知ったところでどうでもいいこと。ところで、お里ちゃんはこのことを、わたしのほかに誰かに話した？」

「いいえ……誰にも……」

表情からして、明らかにお里は、誰かに話したという言葉を心に宿しているようだ。多数とは思えないが、その数一人か二人。音乃は、その名を知りたい衝動に駆られた。

「わたしだけに、そっと教えてくれる？」

「どうしようかな」

お里が考えるそこで、コツンと小さな衝撃があった。

「すいやせん、音乃さん。浮いてる木杭に舳先《おだ》が当たりやして」

三郎太が謝るも、それがお里の口を開くきっかけになった。

「地本問屋で版元の大雅堂のご主人。うちに版木を買いに来るので、よく知ってる人。とても、いい方なのよ」

「えっ？」

音乃の驚きは、川風に飛ばされていった。

いつしか舟は、永代橋の袂《たもと》から大川に出ていた。

三郎太は北に舵を取り、永代島を一周する形で、小網町の音乃たちを乗せた船着場まで戻った。もう、中村座に行く必要はなくなった。お里を舟から降ろし、音乃は三郎太と共に霊巌島へと戻ることにする。

お里が舟から降りる際、音乃は胸の中にざわめきを感じた。新材木町の家まで送りたかったが、舟玄に丈一郎を待たせている。春菜が再び目を覚ましたら、まだ訊きたいことがあったからだ。看病も兼ねて、丈一郎は音乃の帰りを待っている。

お里が気にはなったが、音乃にはまだ大丈夫との思いもあり、注意だけを促すことにした。

「お里ちゃん、気をつけて家に帰ってね。それと、しばらくは家から出ないほうがいいかもしれない」

「どうして？」

余計なさし出口と思ったか、お里の頰がいく分膨らんだ。

「だって、さっき自分でも言ったでしょ。喋ったら殺されるって」

「あっ、そうだった。私、いく人かに……」

「そうみたいね。だからこれ以上は、これ」

音乃は、自分の口の前に指を立てて念を押す。

「分かりました。もう誰にも、喋りません」

「そうしたほうが、いいわ。それじゃ、くれぐれも気をつけてね」

「はい、分かりました」

舟からお里が降り、堤に上るまで音乃は見送った。

「三郎太さんがここにいてくれて、助かった」

「そのようでしたね。何か大変な……おっといけねえ、あっしらは耳を塞いでおかなくてはいけねえんでした」

「ところで、源三さんは船宿にいるかしら？」

源三が動けるなら、新材木町の秋田屋の探索を頼むつもりであった。それと、お里の警護も。

「いるんじゃねえですかね。たとえ出ていても、遠くに行かねえ限り、半刻もすれば戻りやすぜ。また、兄《あに》いの出番ですかい？」

「……ええ」

音乃は、小さくうなずいて返した。

このときお里は、西堀留川沿いを新材木町の家に足を向けていた。川沿いに、秋田屋は店を構えている。お里が、六軒町から堺町の辻まで来たところであった。右に道を曲がれば、中村座がある。興行の幟旗《のぼりばた》がはためいているのを、そこからでも見ることができる。

お里も、雪弥が出ない中村座には用がない。真っ直ぐ川沿いを進み、半町も歩いたところであった。

「ご新造《しんぞう》さん……」

背後から声がした。

自分が呼び止められたと思ったが、そういう言われ方にお里は慣れていない。そのまま、お里は足を止めずに歩いた。

「お里さん……」

今度は自分の本名である。お里は立ち止まり、振り向いた。そこに、にこやかな顔をして、恰幅のよい商人風の男が立っている。

「あら、あなたは……」

お里もよく知る、大雅堂の利左衛門であった。

「これから、秋田屋さんに戻るので?」

「はい」

「中村座に行ったのですか?」

「ええ、まあ……」

「きょうは雪弥が休演ってことで、残念でございましたねえ」

「なんで雪弥は、きょうは出ないのでしょう。大雅堂さんは、ご存じで?」

「中村座の席亭に訊きましたら、なんだか急の病のようで、家で寝ているとのことでした。そうだ、お里さんは中村雪弥の、大のご贔屓でしたよね」

利左衛門が笑顔を、絶やすことはない。

「はい。でも、旦那さまには内緒……」

「そいつは、口が裂けても秋田屋さんには言いませんよ。役者贔屓が夫婦の縁を裂いたってことはよく聞く話ですから。ところでご新造……いや、お里さん。雪弥に、会わせて差しあげましょうか?」

「えっ、本当ですか?」

「手前は、中村座の絵看板を引き受けている者ですから、お望みならばいつでもお好きな役者に……」

「雪弥に、会わせていただけますの？」

「ええ、おやすいご用で。なんでしたらこれからでも、雪弥の家にまいりませんか？」

楽屋入りや出待ちではない。中村雪弥の住まいまで行って、直《じか》に会えるというのだ。お里にとって、これ以上の機会はない。

芝居が跳ねる夕刻まで、お里は家に戻らなくてもよい。

「よろしく、お願いいたします」

お里は、利左衛門に向けて深く頭を下げた。

「こっからじゃ遠い。駕籠を雇いましょう」

芝居小屋の近くである。辻駕籠は、あたりにいくらでも止まって、客待ちをしている。

垂れのかかった二挺の駕籠に、お里と利左衛門がそれぞれ乗って走り出す。

「駕籠屋さん、新大橋の手前あたりまで、頼みますよ」

先の駕籠に利左衛門が乗って、行き先を示す。後の駕籠に乗るお里は、雪弥のいる場所は知らない。

霊巌島の舟玄に戻った音乃は、その足を春菜が休む部屋へと向けた。

生憎《あいにく》と源三は、客を乗せて本所竪川《たてかわ》まで行っている。あと、四半刻は戻らないそうだ。

丈一郎が、春菜の枕元に座っている。

「よく眠っている。安心したのだろう、朝からずっと目を覚まさんでな」

再び眠りについてから、一刻半ほどが経っていた。

「すこやかな眠りのようです。まだそっとしておいてさし上げましょう」

「そうだな。ところで、何か分かったか？」

音乃の顔色からして、丈一郎は何かあったと踏んだ。

「中村座に行きましたら……」

秋田屋のお里と話した内容を、丈一郎に細かく語った。

「若年寄だって？」

語る最中で、丈一郎の眉間に縦皺が寄った。

「ですが、若年寄のどなたかまでは……それは、これから調べればと」

「そうだな、それで……？」

音乃が、つづきを語る。

「そこでお里ちゃんが舟から降りたのですが、なんだか気になりまして」

お里と交わした話を、音乃は語り終えた。

「そうだな。ここは、源三に動いてもらうか」

「わたしもそう思いまして。でも、もうしばらく源三さんは戻らないようです」

「大雅堂と秋田屋か……ここはおれと源三の役目だな」

音乃の言葉に、丈一郎が呟くように返した。

三

四半刻ほどして春菜が目を覚ます。そこで二、三質問をしたが、取り立てて得るものはなかった。

ここから音乃と丈一郎、そして源三の三人が手分けをして動き出す。

丈一郎は、雅人の姿のままで、源三は印半纏を脱ぎ、遊び人風の姿となって、秋田屋の探索に乗り出していった。そこに、お里をそっと見守る警護の役目もあった。

音乃が動いたのは、二人が出ていってからおよそ半刻後の、夕七ツが迫るころであった。

音乃の行く場所は、決めてある。

「……もう、お戻りになっているはず」

音乃が訪れたのは、実家と同じ築地《つきじ》にある、目付十人衆の一人天野又十郎《あまのまたじゅうろう》の役宅であった。

若年寄支配の目付は、旗本や御家人を監察し、統率する役目にある。目付で音乃が知っているのは、天野又十郎一人であった。今は亡き巽真之介と一緒になる前からの知り合いである。音乃が天野に会おうと思ったのは、お里の口から若年寄と聞いたからだ。

天野の助けを借りて、すでにいくつかの事件を解決している。

夕七ツを報せる鐘が鳴って、しばらくが経つ。すでに天野は帰宅しており、すぐに目通りが許された。

目付配下の徒目付《かち》が、天野の部屋へと案内をする。

「お入りなさい」

襖越しに天野の声が通り、音乃は胸元を整えた。

「お久しぶりでございます」

音乃は、天野を前にして、畳に拝した。

旗本御家人の、どんな不正も見逃さないといった実直さが、そのまま表に出た面構えである。齢は、四十代も半ばを越えたあたりであった。その柔和な顔が、音乃に向いている。

「音乃どのも相も変らぬ別嬪……いや、そんなことはどうでもよいが、してきょうは何用でまいられましたかな？」

目付という幕府でも要職にありながら、音乃には敬称をつけるほどの、丁寧な応対である。

「はい……」

用件を語るには、春画を見せるのが手っ取り早いと、さっそく音乃は懐《ふところ》から例の絵を取り出した。すでに世間には知られている。もう、隠し立てするにもおよばないと、音乃は持参したのであった。

「お目付様は、この絵をご存じで……？」

「なんだ、これは！」

顔を顰め驚くところを見ると、初めて目にしたようだ。

「音乃どのが、こんな物を持っているとは……」

汚らわしいと蔑まれる視線が向くも、音乃は平然としている。顔を赤くしているのは、むしろ天野のほうである。

「……ん？　これは！」

春画の一点に、仰天の目が向いている。文字の部分を黙読すると、天野の顔色が、にわかに赤から蒼白へと変わった。

「大目付の井上様に何かあったと聞いたが、このことだったのか」

井上利泰の異変を、天野は知っていた。だが、細かな事情までは呑み込めていなかったようだ。

「事情《わけ》を聞かせていただこうか」

「はい。少し、話が長くなりますが、よろしいでしょうか？」

「ああ、もちろんかまわん。大目付様が関わるとあっては、聞かぬわけにはいかんだろう」

話を聞こうと、天野が体を前のめりにさせた。

話の順序は、すでに整えてある。音乃は、事実と憶測を交え、これまでの経緯を四半刻ほどかけて語った。その間、天野は黙って耳を傾け、問いを挟むこともなかった。

「その若年寄様がどなたかと知りたくて、天野様を訪れた次第でございます」

音乃の語りは、ここで一区切りを打った。

「松姫というご息女がいる、若年寄といえば……」

天野が、一息入れた。その次に出る言葉を、音乃は前を見据えて聞き取る。

「備中松島藩主安西上総守勝重様……か」

寺社奉行を経て若年寄に昇進し、末は老中も視野に置く、所領二万五千石の譜代大名だと、天野は言葉を添えた。

「たしかに、安西様には相当にわがままなご息女がいると、小耳に挟んだことがある。なので、縁談が整わず……まあ、それはどうでもよいが。この話が、音乃どのの推察どおりだとしたら、大変なことになるな」

幕閣である大目付と若年寄を巻き込んだ醜聞は、幕府の屋台骨までも揺るがしかねないと、天野は眉間に皺を寄せ、顔に険が宿った。

「このことが、世間に漏れたらまずい……というか、もう世間にこの絵は撒かれておったか」

「はい。ですがまだ、若年寄様が絡んでいるとまでは……」

「知られていないか。それでも、困ったことになった」

天野の困惑と苦悶の入り混じった表情に向けて、音乃は語りかける。

「おそらく、これはあくまでもおそらくですが……」

「なんなりと、音乃どのの考えを聞かせてくれ」

「大目付の井上様は、若年寄である安西様の不正を暴こうとしていて、それを阻止するための策謀かと」

「井上様を貶めるためのものと、音乃どのは言いたいのか？」

「はい。あくまでも、おそらくですが……」

下級武士の後家の身分では、若年寄の犯行とは、畏れ多いと音乃は断定しては言えない。あえて、口を濁す言い方であった。

「考えられんこともないが……」

腕を組んで、天野は考えている。

「音乃どの。この話には、もう少し深みがありそうだな」

「やはり、お目付様もそうお感じになりますか？」

「やはりとは、音乃どのも……？」

「はい。どうも、一つだけ気になるところがありまして」

「気になるところとは？」

「それこそ、憶測でまだ口には出すことができません」

「かまわんから、なんなりと聞かせてくれ」

「いえ、まったくの当て推量でして。口にしましたら、あとで間違いでしたとは済まされないかと」

「だが、憶測で若年寄様の名を出したではないか。それこそ、間違っていたでは済まされんぞ」

「この一件に、安西様のご息女である松姫様が絡んでいると、断定してもかまいません」

「まだ、断定するには早いのではないか」

「これには、わたしの命を懸けてもよろしいかと存じてます」

そうまで言わなくては、天野の心は動かないと音乃は思った。

「そこまで、音乃どのは言い切るか」

「はい」

きっぱりとした、音乃の返事であった。

「これから勘定奉行の若槻様のご子息のもとに嫁ぐ、井上様の三女春菜さんを出しに使った卑劣な蛮行は、どなたにも思いつくものではございません。明らかに、大目付様の失脚を狙ったもの……」

「ちょっと待て、音乃どの」

「はい」

途中で言葉を止められ、音乃は怪訝そうな顔で天野を見やった。

「今、勘定奉行の若槻様と名が出たな。そのへんのことを、詳しく聞かせてくれ」

先の語りの中では、春菜の婚礼相手の名には触れていない。

「はい。わたしの知ることといえば、半月後に若槻様のご次男依貞様との婚礼が控えていたということだけです。それも、このたびの件で破談になりまして……」

「それを悲観して、ご息女は大川に身を投げたと申したな」

「はい。それは、事実でございます。もしや、お目付様は……？」

「音乃どのが先ほど憶測で口にできないと言ったのは、もしやそのへんのことではないのか？」

「今、それを口にしますと、考えすぎだと言われそうな気がします。それと、あまりにも春菜さんが不憫でなりません。ですが、やはりわたしの考えをお聞きいただきたく……」

春菜から話を聞いたとき、音乃の中によぎったことがあった。

――なぜに若槻様は、あの春画を持っていたのだろう？

立て札から、剝がしてきたのだろうか。そうでなければ、第三者が春画を持っていることはあり得ない。

「……ということは、若槻様は第三者ではないってこと？」

小さく呟き音乃は自問をしたことを、天野に伝えた。

「音乃どのの考えはよう く伝わった。そうか……」

天野の顔が長押《なげし》あたりに向いて、考えている風であった。だが、何を考えているのかと、音乃は訊けない。ただ一つ思いつくのは、天野は旗本を監視する目付ということだ。そんな目をしていると、音乃は天野を見ながら感じていた。

それからしばらく今後の策を語り合い、音乃は天野の役宅を辞すと霊巌島へと戻った。


暮六ツを報せる鐘が鳴りはじめたところで、音乃は巽家の遣戸を開けた。

「ただ今戻りました」

すると、奥から出てきたのは律ではなく、丈一郎であった。

「音乃の帰りを待っていたんだ。源三もいる」

三和土《たたき》にある雪駄《せった》は、源三のものであった。

「律は、春菜さんの面倒を見ると舟玄に行ってる」

夕飯の仕度は、律の手で調えてあった。

「源三さん、ご苦労さまです」

部屋に入ると、源三が背中を向けている。

「音乃さんこそご苦労さまで……」

いつもなら、鬼瓦のような厳つい顔を柔和にさせて振り向くのだが、源三は顔を顰め、浮かなそうな表情である。晩酌にと、熱燗《あつかん》の銚子が用意されていたが、手をつけていないようだ。

「まずは、一献……」

音乃は銚子を手に取ると、しばらく時が経ったか燗酒が冷めている。しかし、源三は杯を出さない。

「どうかなされました？」

「どうやらお里さん、戻っていねえようなんで」

「えっ？　とっくに……」

音乃と別れたのは、昼下がりの九ツ半ごろである。正午が九ツとすれば、それからまだ半刻しか経っていないころである。とっくに、家には戻っているはずだ。

胸騒ぎが、音乃の心の臓を絞めつける。

「夕七ツごろ、秋田屋の前に立ち様子をうかがっていると……」

源三の、話であった。


三十歳前後の女が、お里を訪ねて来た。近所に住む、友だちらしい。

「――お里さんおります？」

店の前に立つ小僧に、女が声をかけた。ちょっと待ってくれと、小僧は店に入りすぐに戻ってきた。

女と小僧のやり取りを、丈一郎と源三は立ち止まって耳を凝らしていた。

「まだ、お帰りになってないようで」

「おかしいわねえ。きょうは雪弥が出ないってので、芝居を観ないで帰ったはずだけど」

「いえ、まだ戻ってないと……芝居小屋以外には、お独りで外に出ることはありませんから」

「中村座の前できれいな娘さんに声をかけ、親しそうに話しているのを邪魔しちゃ悪いと思い、あたしは先に家に戻って来たのだけど」

「その娘さんとどこかに行ったのでは……でも、それにしても帰りが遅いですね」

きれいな娘というのは、音乃であることは分かっている。その音乃はとっくに霊巌島に戻り、目付天野の屋敷に向かっていた。

「そういうことで音乃さんと別れたあと、お里さんは家に戻る途中で忽然と姿を消したらしいんでさ」

回想を交えた源三の話に、音乃は愕然としてしばらく声を出せずにいた。

——悪い予感が、的中した。

だが、それがこれほど早く襲ってくるとは、音乃は夢にも思っていなかった。

「……迂闊《うかつ》だった」

今にして思えば、お里を家まで送り届ければよかったと、音乃は悔やんだが遅い。

ちょっとした間《ま》の悪さが、二人の女を不幸のどん底に落とし込んだかもしれないと、音乃は自らを苛《さいな》んだ。

——何もなければよいけど。

音乃の胸に去来する、いやな予感であった。

四

永久島の、御三卿田安家下屋敷裏手の大川沿いは、枯れ葦《よし》が密生した河原である。

枯れ草の中に、折り重なった男と女の遺体が発見されたのは、翌日の朝五ツ過ぎであった。

すぐに、その身元は判明した。

男は人気役者の、中村雪弥。女は、持っていた紙入れから、秋田屋の新造お里であることが分かった。

中村雪弥には、逢瀬を重ねた女がいるといった噂から、行く末を悲観しての心中と検視に当たった定町廻り同心の高井は判断をした。噂では、相手は武家娘とされていたが、実際は商家の妻女との不倫が原因と決めつけられる。

「高井の旦那。こんなところでの相対死《あいたいじに》なんて考えられやすかね?」

同心高井の判断に、異を唱えたのは下につく岡っ引きの長八であった。雪弥の手に匕首《あいくち》が握られ、お里の胸を刺してから自らの脇腹を刺した形になっている。

検視をするのが、音乃もよく知っている北町同心の高井と、その手下である長八というのも何かの因縁であろうか。

「人目につかねえこんなところだから、するんじゃねえか」

「それにしても、ためらった様子がありやせんぜ。役者風情が、それほど度胸があるとは思えやせんがね」

長八が、長い顔を傾けながら言った。

「それだけの覚悟がなくちゃ、相対死なんてできねえだろうよ。とにかくこれは、殺しじゃねえ」

「旦那がそう言うんじゃ……」

長八が、渋々答えたところであった。

「親分……」

どすの利いただみ声が、長八の背中にかかった。

「これは源三さん」

浅草まで客を運んでの帰り舟を漕ぐ源三が、長八と高井の姿を見つけて近づいたのであった。

「何かあったんかい？」

元は凄腕の岡っ引きとして鳴らした源三である。長八には、遠慮のない口で話しかけられる。

「男と女の心中でして……」

「男と女だって？」

もしかしたらという節が、源三にはある。

長八もさることながら、同心の高井も源三には一目《いちもく》も二目も置いている。源三の口出しを邪険にはしない。

「役者と新造だ」

高井が口をついた。

「なんですって？」

耳を疑ったか、源三は問い返した。

「そんな顔をするには、源三に心当たりがあるのか？」

「いや、そうじゃありやせんが……」

まだ、誰にも語れない都合がある。ましてや、これは殺しだとは口が裂けても言えない。源三が、必死に心の内を隠す。

「役者って聞いて、いったい誰かと思いやして」

「源三だから話すが、まだ誰にも言うんじゃねえぜ」

「そりゃ、分かってやすぜ」

「男は中村雪弥だ」

「女は……？」

震える声で、源三は問うた。

「秋田屋のお里って女だ。源三に、覚えがあるかい？」

「いっ、いや……そうでやしたかい。それじゃ、あっしは急ぎやすんでこれで」

相当慌てたか、源三は一漕ぎすると不覚にも舟の舳先を葦の密生した河原へと乗り上げた。

「長八親分、すまねえが押してくれねえか」

川に戻された舟を、源三は急いで漕ぎ出す。

「なんだか、ずいぶんと慌ててたな源三は。いったい、どうしたってんだい？」

「客を迎えに行くのを、思い出しでもしたんでやしょ」

尋常でなさそうな源三の素振りに、長八はそう言って高井の問いをいなした。

源三は陸《おか》に上がると、息急《せ》き切って巽家へと駆け込んだ。

秋田屋の様子を探りに行こうとしていた矢先で、源三から経緯を聞いた音乃は顔面を蒼白にして、その場に頽《くずお》れた。

立とうとしても、腰に力が入らない。それほどの、衝撃が音乃を襲った。

「……お里ちゃんまで」

同じ言葉を、いく度繰り返しただろうか。口にするたび、悲痛と悔恨が交差する。

「絶対に、許すものか！」

それが、やがて憎悪と変わると音乃はゆっくりと立ち上がった。悪党許すまじの形相は、まるで地獄の閻魔《えんま》の使者にも見えてくる。

音乃の脇で、丈一郎も大刀の鞘を握りしめている。

「源三、現場に案内してくれ」

雪駄を履きながら、丈一郎が言った。

「へい」

だが、音乃は三和土には下りてこない。

「どうした、音乃？」

「お義父さま。わたくしはほかに行きたいところがございます。現場にはお義父さまが、行っていただけますか」

心中ではなく、殺しなのは明白である。それも、音乃の中ではおおよそ下手人《げしゅにん》が分かっている。実際に手を下したのは別の者でも、教唆をしたのは誰なのかを。

音乃の頭の中では、すでにその名が浮かんでいる。

——大雅堂利左衛門。そして、裏で操るのは若年寄の安西上総守勝重。

しかし、確たる証しがまったくといってない。

絵師である尾上富楽斎の死にしても、不慮の事故ではなく殺しという線のほうが強い。だが、あくまでも状況だけで、物での証拠がない。誰も見たわけでなく、誰からも下手人の名を告げられてはいないのだ。

いかにして、相手からその証しを引き出すか。音乃の考えは、その一点に集中した。

「そうだ、お義父さま……」

音乃は、あることを思いついた。それを、丈一郎に耳打ちをする。

「よし、やってみよう」

丈一郎は、源三に案内をさせて現場へと向かった。


永久島の現場に着くと、長八が一人で立っている。

「巽の旦那。やはり、来られやしたか」

源三の様子がおかしかったので、おそらく音乃と丈一郎を連れてくるのではないかと待っていたのだ。

「仏さんはどした？」

「今しがた、高井の旦那が箱崎町二丁目の番屋に運んでいきやした。舟でしたら、先に着けるかもしれやせん」

永代島を徒歩で半周するには、四半刻はかかる。舟ならば、その半分もかからずに着くことができる。

「そうか、助かったぜ」

間に合ったかと、丈一郎は安堵する。長八を乗せて、源三の漕ぐ舟が動き出した。

案の定、箱崎町の番屋には先に着くことができた。まもなく、遺体を戸板に載せて小者たちが運んできた。脇に、高井がついている。番屋の前で立つ丈一郎に、高井が訝《いぶか》しそうな顔を向けた。

「おや、巽の旦那じゃねえですか。どうしたんです、こんなところで？」

丈一郎が現役のときは、高井はその手下といってもよいほどの下っ端であった。その力関係は、幾年過ぎても変わらないものだ。いまだに丈一郎に、高井は頭が上がらない。

「その遺体に用があってな」

「巽の旦那がですか？　いったいなんの……」

「これは心中じゃねえ、殺しだ」

「なんですって？」

「おれは今、秋田屋の用心棒をやっていてな。そこの、ご新造さんだと源三から聞いて駆けつけてきた」

「どおりで、源三は慌ててたのか？」

咄嗟《とっさ》に吐く嘘を、高井は疑うこともない。

「へい」

源三が、小声で返した。

「このお里さんは、きのうから行方知れずでな。探してたんだが、こんなところで見つかるなんて……南無釈迦尊言阿弥陀仏　南無しゃか……」

丈一郎は、戸板に載せられた二体の遺体に向けて、巽家の宗旨である禅洞宗《ぜんどうしゅう》の念仏を三遍唱えた。

「男のほうは、中村雪弥ってことも聞いている。この二人は、舞台と客席以外では会ったこともねえよ。その証しとして、きのう雪弥は芝居を休んでてな、お里さんは音乃と茶を飲んでいた」

「音乃さんとお里の関わりは？」

「以前、音乃の針子の弟子でよく知ってる。それがきのうの昼前、中村座の前で偶然会ったとのことだ」

「そうでしたかい」

得心をしたように、高井がうなずく。

「お里さんは、家に戻ると言って音乃と別れたそうだが、その帰り道で攫《さら》われたんだろう。そんなんで、けっして相対死なんかではない」

「すると、誰が下手人で？」

「高井は、先だって辻に変な錦絵が貼られていたのを知ってるか？」

「ええ。それが、何か？」

「この事件は、その錦絵と関わりがあってな。実は、大目付様からこの一件を頼まれてるんだ。ほれ、音乃の父親は井上様の配下だからな」

高井を説得するには、それで充分であった。もともと面倒臭いことは他人任せにしようとする性格である。丈一郎の話に食い違いがあっても、気づくこともない。

「そんなんで、この件は任せてくれないか？」

「そりゃいいですが、仏さんはどうしますんで？」

高井の、二つ返事であった。むしろ、手が離れるとほっと安堵したような表情である。

「二日ばかり、どこかに隠しといてくれねえか。ああ、お里の家にもどこにも報せないでな」

まだ、騒ぎにはさせたくない。

「――しばらくの間勘弁してくれ。南無釈迦尊言阿弥陀仏……」

不憫なお里に、丈一郎は念仏を唱えて謝った。

「どこかに隠すって……」

面倒臭そうに、高井が顔を顰めた。

「そのくらい、町方だったら手伝ってくれてもいいだろ。やらねえってえと、大目付様に……」

「分かりました。ちょうど近くに一軒家の空家があるので、そこに置いておきましょう。ただし、いいところ二日しかもちませんが」

三日もなると、遺体も腐乱してくる。

「ああ、それまでにはなんとかする」

断言はできないが、それだけの意気込みを心の内に抱いている。

そして、丈一郎にはもう一つやることがあった。音乃から、二人の遺留品を持ち出してくれと頼まれている。

お里からは鼈甲《べっこう》の簪《かんざし》と紙入れを、そして雪弥からは名が入った絞り染めの手拭いと、愛用の扇子《せんす》を調達した。

これが丈一郎……いや、音乃が考えた魂胆であった。

五

このとき音乃は、日本橋住吉町の地本問屋大雅堂を訪れていた。

事件解決の鍵を握るのは、利左衛門しかいないと音乃は踏んでいる。だが、すんなりと口を割るとは思えない。いかにして、利左衛門を落とし込むか。

「孫子《そんし》の兵法《へいほう》　第五章勢篇《せいへん》　慢心《まんしん》を捨て利によって客を動かす……」

音乃は、子供のころより『孫子の兵法』を学んでいる。大雅堂を前にして、その一篇を小さく口に出した。

『善《よ》く敵を動かす者は　之《これ》に形《かたち》すれば敵必ず之に従い　之に予《あた》うれば敵必ず之を取る

利を以ってこれを動かし　卒《そつ》を以って之を待つ』

要するに、利を餌にして敵を誘い出すという策である。

棚に並べられた本を、物色するように音乃は立ち読みをする。そこに、はたきを手にした手代風の男がやってきた。

「何か、ご本をお探しで？」

ないと言えば、はたきをかけられそうである。

「いえ。ご主人の、利左衛門さんはおられるでしょうか？」

「生憎《あいにく》と、留守でございまして……」

「どちらにおいでか、ご存じでしょうか？」

「どちらさまで？」

うっかりとは言えないと、手代風は音乃の素性を訊いた。むしろ、利左衛門がいないほうが都合がよい。

「これは、失礼を。わたし、絵師の尾上富楽斎の姪《めい》で音と申します」

音乃は、偽名を使うときは『音』と名乗る。少し、媚《こび》を売るような目つきにすれば、大抵の男はなびいてくる。

「お音さんですか。それで、主に何か？」

「おたくさまは、富楽斎をご存じないので？」

「いや。富楽斎は、上方《かみがた》から来た絵師と存じてますが……」

「上方……？」

　──そうだったのか。

　上方と聞いて、音乃には思う節があった。小さくうなずくも、気持ちは奥に隠す。

「姪ごさんなのに、知らないので」

「いいえ、知ってますわよ。伯父《おじ》は、あたしが小さいころ大坂に行ったと母から聞かされてます。いつ、こちらに戻ってきたかは知りませんが」

　咄嗟のいい訳であったが、手代に怪しむ様子はなかった。それなり、話に辻褄が合っていたものとみえる。

「四年ほど前に江戸に来たらしく、幻の絵師と言われ、どちらの版元さんが富楽斎の絵を取り扱っているのか、誰も知りません。そんな富楽斎と、手前どもとでどんな関わりが？」

　やはり、富楽斎と利左衛門の関わりを手代は知らないらしい。

「先だって伯父は殺されまして……」

「殺されたって？」

「はい。大川につき落とされまして」

探るように手代の顔を見たが、顔を顰めるところは富楽斎の不幸に向いているようだ。

「殺されたって、誰にです？」

「あたしに分かるわけがありません」

ここまではまだ、誰も知らないことだ。だが、利左衛門は別である。とりあえず布石を打って、これから音乃の話は本題に入る。利左衛門を誘《おび》き寄せるための、餌を撒く。

「それはともかく、伯父が亡くなり、絵はすべてわたしの持ち物となりました。そんなんで、こちらさんで富楽斎の絵を買っていただけないかと」

「富楽斎の肉筆でしたら、かなり高価なものです。手前の一存では……主が絵の目利きをしますので」

興味津々《しんしん》といった手代の様子に、音乃はもう一刺しする。

「左様ですか。ちょっと、急いでお金が要用《いりよう》でして……ご主人は、いつごろお戻りになられます？」

「夕刻になると申しておりました」

「でしたら、これをご覧になってくださいとお伝え願えませんでしょうか」

言って音乃は、懐から四つ折りにした紙を取り出した。

「これは……」

広げて、手代は驚く目を向けた。

「富楽斎の絵です」

「四つに折るなんて、なんとも粗略に扱いますね」

「いいのです。これは、書き損じたものですから。世に出ていない富楽斎の肉筆画を、わたしは沢山《たくさん》持ってるとお伝えください。それと、富楽斎の錦絵も……」

「富楽斎は、版画絵は画《か》かないはずですが？」

「いいえ、それがけっこうあるのですよ。世に出ていないだけで……とくに、凄いのが」

顔に小さく笑みを浮かべながら凄いと言えば、春画と通じる。

「へえ、そうだったのですか」

「よろしければ今夜にでも、横山町の富楽斎の家で待っているとお伝えください。橋桁百景の未出のものを、お安くお譲りすると」

「それはお宝だ。たしかに、申し伝えます」

富楽斎の絵の価値は、手代も分かっているようだ。生唾を呑んで、音乃の頼みを聞いた。

「もう一軒、行かなくては」

大雅堂を出た音乃はその足を、昨日も行った築地の、目付天野のもとに向けた。

夕刻七ツ半ごろ、利左衛門は大雅堂へと戻ってきた。

「旦那さま……」

手代が、利左衛門に音乃の用件を告げる。

「昼間、お音と名乗る女が訪れまして……」

「お音……知らんな」

「なんですか、尾上富楽斎の姪だと言っておりましたが」

「富楽斎だと?」

利左衛門の目が、にわかに吊り上がった。

「それで、こんな物を持って来まして……」

手代は、音乃から渡された富楽斎の絵を利左衛門の目の前で広げた。

「富楽斎の書き損じですが、肉筆ですのでかなりの値が……」

絵を手にしながら、利左衛門の手が震えている。手代は、利左衛門の顔色の変化を、お宝を手にしての興奮からとみたようだ。

「まだ世に出ていない富楽斎の作品が、山になってあると。急に金が入用になったので、それらをお安くお譲りするとおっしゃってました」

手代も興奮冷めやらぬか、早口で語る。その間利左衛門は、肩を震わすだけで無言で聞いている。

「それと、富楽斎は春画も画いておりましたようで」

「春画だと……？」

「はい。錦絵の元絵も画いていたとあっては、当方《こちら》で刷って、売りに出したらいかがなものかと？」

「…………」

手代の提案を聞いているのかいないのか、利左衛門の顔はあらぬ方を向き、空を見つめている。

「お買い求めいただけるのであれば、今夜、横山町の富楽斎の家で待っているとのことです」

「富楽斎の家ってか」

「なんですか、富楽斎は殺されたらしく……」

「殺されただと……なんで知ってる？」

あとの言葉は、誰にも聞こえぬほどの呟きであった。

「旦那さまは、それをご存じないので？」

「富楽斎が死んだのは知ってるが……」

「それで、お音という姪が富楽斎の絵をすべて引き取ったらしいのです」

茫然自失の様子で、利左衛門が手代の話を聞いている。

「よろしければ、手前もご一緒いたしましょうか？」

掘り出し物を手に入れる好機と、手代の気の高ぶりは治まらない。利左衛門は、まったく別のことを考えているのだが。

「いや、わし一人で行く。絶対に、誰もついてこなくていい。売りに来たのは、女といったな」

「はい。それが二十歳前後の、かなり美形な娘でございました」

「娘ってか？」

――富楽斎に、そんな姪御がいるとは聞いてなかった。いったい、誰だ？　まさか……。

利左衛門が考えるそこに、手代はさらに語りかける。

「それにしても、この絵はまさしく富楽斎の筆。書き損じといっても四つ折りにするなんて、粗末に扱うものでございます」

顔面を蒼白にして、宙を見つめる利左衛門を、手代は首を傾げて見やった。

「旦那さま……何をお考えで？」

手代の問いに答えることなく、利左衛門は黙って大雅堂をあとにした。


暮六ツの鐘が鳴り、夜の帳《とばり》が下りようとしているころ。

音乃と丈一郎、そして源三の三人は、裏木戸のからくり門を開けて富楽斎の家に忍び込んだ。

利左衛門が来ることを想定して、裏木戸と母家の戸口は開くようにしてある。

「この事件に関わるとすれば、利左衛門はきっと来ます。ただし、お独りでなく……」

「独りでないというのは？」

「腰に、二本を差した人たち。いく人で来るか分かりませんが、わたし一人を仕留めるだけでしたら、そんな大人数ではございませんでしょ」

音乃は、自分自身が餌となって、敵を誘《おび》き出す策を講じたのである。

このとき音乃の出で立ちは、紫小紋の袷《あわせ》に、純白の半襟で胸元を引き締めている。そして、一輪の緋牡丹《ひぼたん》が素描で描かれた塩瀬《しおせ》の帯を、四文銭の小さな飾りがついた帯留で締め付けている。四文銭は、三途《さんず》の川の渡し賃を意味するか。六文が相場といわれるが、二文足りない。

——お銭の足りない人は、地獄行き。

との思いを、音乃は四文銭に込めている。

丈一郎は袖なしの羽織に、腰には二本の大小を差している。懐には、朱房の十手《じって》を忍ばせている。源三は、尻っぱしょりに羽織を被せた岡っ引きの姿であった。ただし、十手の代りに胸元からは九寸五分の匕首《あいくち》がのぞいている。

家中の明かりを点《とも》し、人のいる気配を示す。

侵入してから、かれこれ半刻ほどが経った。

「本当に来やすかね？」

待ちくたびれたか、源三が欠伸《あくび》を嚙み殺して言った。

「きっと来ます」

音乃の、断定した物言いに、源三は胸元にある匕首の柄《つか》を握った。

六

宵五ツまで、四半刻を残すころであった。

裏木戸が開く、軋む音が聞こえてきた。

「……やはり、来た」

音乃がしてやったりと呟くも、相手の人数までは分からない。だが、いく人で来ようが、音乃には受け入れる気構えができている。

音乃が独り、仏間だった部屋で正座をし、利左衛門が入ってくるのを待っている。

丈一郎と源三は、明かりを消して隣部屋に控えた。

――足音は、三人。

音乃は、耳を済ませて聞いた。

声もなく、障子戸が開く。

音乃は、まずは足元に流し目を向けた。

二人は平袴《ひらばかま》で、もう一人は紬織《つむぎおり》の裾《すそ》が見えた。音乃の目は徐々に上がり、男たちの顔をとらえた。侍たちは、浪人風情《ふぜい》ではない。れっきとした、どこかの家中の家臣に見える。侍二人が着ている小豆《あずき》色と群青《ぐんじょう》色の羽織に、音乃は思い当たる節があった。そして、もう一人の商人は明らかに見覚えがある。中村座の向かいにある茶屋で見かけた男に間違いがない。

「おまえか、富楽斎の姪というのは？」

「大雅堂の、ご主人ですか？」

音乃は正座をしたままで、利左衛門を見上げながら問うた。

「ああ、そうだ」

利左衛門が、見下して返す。

「富楽斎の姪などと、嘘を飾り立ておって。いったい、おまえは……？」

「それは、おいおい分かっていただけると。旦那さまが、お独りで来られると思ってましたが、お侍さまがお二人ついていらしたとは都合がいい。して、そちらのお侍さまは、どちらのご家中のお方でございますか？」

「答えることもなかろう」

「ならば、よろしいです。こちらで、おおよその見当はついておりますから」

「なんだと！」

怒声を放ち、目を吊り上げた形相の侍たちに殺意を感じるが、音乃の声は落ち着き払っている。

「あたしを殺したって、一文の徳にはなりませんよ。それよりか、あんたがたの悪事は、みんな地獄の閻魔《えんま》様がお見通し。とても許してくれるもんじゃあ……ございません」

音乃は歌舞伎《かぶき》口調の啖呵《たんか》を放つと同時に、懐から鼈甲の櫛と雪弥の名が入った手拭いを畳の上に置いた。

「これは……？」

「死んだお里さんと中村雪弥が持っていた物です。その名に、覚えがあるみたいですわね」

「やはり、この女……」

「生かしてはおけぬな」

血気に逸《はや》って、侍たちが刀の柄《つか》に手をかけた。

「あたしを殺す前に、もう少し話を聞いてくださいな。か弱い女一人殺すのなんか、いつでもできるではございませんか」

「話とは、なんだ？」

「冥土《めいど》の土産《みやげ》に、聞いていただきたいことが……」

「そうだな。冥土に行ったら喋れんだろうから、ここで聞いてやろうではないか」

侍たちの手が、柄から離れた。

――土産を持っていくのは、そちらさんのほうですよ。

音乃は、それを口に出すことはない。

そして――。

「お里さんと中村雪弥を心中に見せかけて殺すなんて、地獄の閻魔様だって聞いて呆れてますよ」

音乃は、精一杯の鎌をかけた。

利左衛門からの反論はない。顔面が蒼白となって、言葉を失っている。

「富楽斎先生を死なせたのも、利左衛門さん、あなたの仕業《しわざ》ですね？」

「しっ、知らん」

「惚《とぼ》けたいなら、それでけっこうです」

不敵な笑いを浮かべながら言う音乃に、利左衛門は怯えるか、体はブルブルと震えている。

「だけど、一つだけ分からないことがあるのです。それさえ聞かせていただければ、わたしを殺していただいてけっこうです」

「なんだ？」

「若年寄の安西様が、大目付の井上様を貶《おとし》めたところでなんの利があるのかと……」

いきなり幕閣の名が出て呆然とするか、利左衛門の口が開いたままになった。

「やはり、そのお名に心当たりがございますわね。なぜに知ってるのかってお顔をなされてますが、今も申したようにすべてはお見通しってことです」

「………」

利左衛門のだんまりに、音乃はさらに畳み込む。

「中村雪弥にぞっこんの松姫さまの横恋慕《よこれんぼ》だとしても、春画まで富楽斎に画かせて井上様のお嬢さまに恥をかかせるなんて、ちょっとやり過ぎでございましょう。ほかに、大きな狙いがあるのではございませんか？」

「そっ、そんなものはない」

額《ひたい》から脂汗《あぶらあせ》を垂らし利左衛門が、ようやく咽喉《のど》から絞り出して反論する。

「そんなものって言い方は、何もなければ口からは出ません。やはり、何かございますのね？」

じわじわと、真綿で絞めつけるような問いがつづく。明らかに、利左衛門は動揺をきたしているのが分かる。

「…………」

答えない利左衛門に、音乃はむしろ図星と取った。

「言いたくないのなら、わたしのほうから……」

真相を暴くのはもう一押しと、つき詰めるところであった。


ガシャッと音を立て、侍二人が段平《だんぴら》を抜いた。

一度は治まった殺気が、さらにも増して侍たちの全身からほとばしるのを、音乃は肌で感じ取った。

物打ち二尺三寸の大刀二振りが、座る音乃の頭上を襲おうとしている。もう、何を言っても刀を納めることはなかろうと、音乃は心の内で身構えた。

一人は八双《はっそう》に構えて音乃の首を狙い、そしてもう一人は大上段から、頭上目がけて振り下ろそうとしている。

音乃は、座ったまま帯留を解いた。そして四文銭の飾りを、利左衛門の足元に放り投げた。

「この四文銭は、大雅堂の旦那のもの。それで、三途の川を渡ってくださいな。二文足りなきゃ、地獄行き……」

「何をこざかしい！」

発すると同時に、大上段から刀が振り降ろされた。

音乃は既《すんで》で転がり物打ちを躱《かわ》すと、勢い余った鋒《きっさき》が、畳の縁に突き刺さる。と同時に音乃の小手が、刀を振り下ろした侍の脛《すね》を打ち払った。侍は堪《たま》らずもんどり打って倒れると、隣部屋を仕切る襖にぶち当たった。隣部屋には、丈一郎と源三が控えている。

襖が押し倒されると同時に、丈一郎と源三が姿を現した。

「音乃」

丈一郎が一声放つと、音乃に向けて脇差を放り投げた。宙に飛ぶ脇差を、音乃はつかみ取ると瞬時も間を置かず、もう一人の侍の鳩尾《みぞおち》を目がけ、脇差の鐺《こじり》で打ち据えた。ゲホッと噯気《あいき》みたいな音を吐き、這いつくばる侍の肩に丈一郎が、朱房の十手で一撃を放った。これで、侍二人は当分動くことができず、手向かうことはできない。

源三が胸元に匕首をつき付け、利左衛門は身動きができないでいる。

音乃の顔は、利左衛門に向いた。

「大雅堂の旦那さま。もういい加減、白状なさってもよろしいのでは？」

「知らん」

そっぽを向く利左衛門に、音乃の口調は宥《なだ》めるように柔らかくなる。

「ならば、一つ一つうかがいます。まずは、富楽斎先生との関わりですが……」

音乃が問いかけても、利左衛門は終始無言であった。

「喋りたくなければけっこうです。ですが、地獄の閻魔様の前ではそれは通りませんわよ」

音乃は、どこかで真之介が聞いていてくれるような気がしてならない。すると、真之介の魂が音乃の心に宿ったか、にわかに柔和な表情に変化が生じた。

鬼夜叉に変じた音乃の表情に、脇にいる丈一郎と源三すらも怯えをみせる。

「音乃さんの、あんなおっかねえ顔、初めて見やしたぜ」

「おれもだ。まるで、音乃の中には、天女と夜叉《やしゃ》が同居しているようだ」

丈一郎と源三が、小声でやり取りをする。その声は、音乃の耳には届いていない。

「上方から来た富楽斎を、大雅堂を通さず自分の手元に置き、利を独り占めしたいといった気持ちは分からないでもない。だが、絵師を悪用して他人を貶め、あろうことか、殺しまでに至ってはとても許されたものではございません」

口調は音乃だが、表情は閻魔の化身である。両手を畳につき慄《おのの》く利左衛門に、音乃は容赦をしない。

「富楽斎先生を、土手から突き落としたのを見た人がいるのです」

それが誰かと音乃は口にしないまでも、利左衛門を落とすには充分であった。

「そして、秋田屋のお里さんと中村雪弥を心中に見せかけて殺したのも、とんでもない悪事の口封じのため。実際に手を下したのは、ここに倒れているお侍二人ではございませんか」

利左衛門の肩がさらに震え、ガクリと首を落とす様子は、口に出さぬまでも認めた証しである。真実は奉行所の吟味役が聞き取るはずと、殺しに関しての音乃の追求はここまでであった。

巨悪の根源までは、まだ辿りついていない。音乃の謎解きは、まだまだつづく。

「一月ほど前、ここから富楽斎先生を無理矢理連れ出したのは、やはりここにいるお侍」

音乃の目が、畳上に崩れる侍を睨む。

「それを見ていた人がおりまして、嫌がる富楽斎先生の『でへん』と言った声を聞いた人もおります。どういう意味かと考えましたけど、富楽斎絵師は上方から来たと知ってなるほどと思いました。上方の人たちから『しまへん』とか『やりまへん』ってよく聞きますから。おそらくそのとき富楽斎先生は『できへん』って言って、抗《あらが》ったのではないでしょうか。何ができへんのかは、推して知るべし。その後、どこかのお屋敷に無理矢理連れ去り、そこで春画を画かせた。表戸に鎹《かすがい》まで打ち付けてしっかりと戸締まりしたのは、誰も入ってこられないようにしたのではないかと」

体は動かせないが、話は通じる侍二人がうな垂れるのを見て、事実はどうあれ、音乃は自分の推量が正しかったと意を強くした。

「どこのご家中かはあとで語るとして、利左衛門さんは、富楽斎先生を作品だけでなくそのお体までも、そちらにお売りになったのですね？　ご自分たちの野望のために、なんの罪もない、これからひと華咲かせようって役者を利用し、さらに贔屓の娘さんを巻き込んでの蛮行は悪辣至極《あくらつしごく》。その罪は、針の莚《むしろ》に座らせ、血の海で溺れさせるだけでは飽き足りません。地獄八界の責め苦をすべて、たっぷりと味合わせてあげますわ」

音乃の啖呵を聞いた源三は、懐から捕り縄を出すと崩れる利左衛門を起こし、早縄を打った。あとは柱にでも括《くく》りつけ、長八の手柄にでもさせるつもりであった。

音乃の顔が、侍に向いている。

「もうそろそろ来られると思いますが、その前にどこのご家中のお侍か、お聞かせいただけないでしょうか」

それでも、侍たちは無言であった。一人は、肩を打たれた激痛で、口を利けるどころでなさそうだ。呻き声だけが、ずっとつづいている。

「若年寄である、安西様のご家中ではないのか？」

丈一郎の、音乃に向けての問いであった。

「最初はそう思いましたが、安西様で関わるのは松姫さまだけのようです。中村雪弥への恋心を利用して、大目付の井上様を貶める。そして、利を得ようと試みるのはその地位を欲しがるお方。おかわいそうに春菜さんは、そんな悪辣な野望に巻き込まれただけです」

「というと、いったいそのお方ってのは誰なのだ？」

「お義父さまも、それはご存じかと」

「やはり、先だってのおれの憶測は……」

丈一郎の言葉の最中であった。母家の遣戸が開く音がすると、多勢の足音が廊下を伝わって聞こえてきた。

「音乃どの。あとは、こちらに任せてくれ」

徒歩目付や、小人目付たち十人ほどを引き連れ入ってきたのは、陣笠を被り陣羽織を纏った目付の天野又十郎であった。

「天野様。大方、わたしの憶測に間違いがなかったようでございます」

音乃と天野の間では、大方の筋はつかんでいたようだ。

「そうか、でかしたな。この者たちを引き連れ、これから勘定奉行若槻依近の屋敷に乗り込むつもりだ」

「えっ、若槻様だと?」

丈一郎にも、その名に覚えがあったようだ。

「音乃はどうして、若槻様だと分かった?」

「わたくしもはじめは信じられなかったですけど、春菜さんの話を聞いてもしやと思いました」

「春菜さんの話でか?」

「お義父さまは、春菜さんがこう言ったことを覚えてはおりませんか? 『──私の膝元にあの絵を置かれ、それと同時に目の前が真っ暗になりました』って」

「ああ、若槻様からつき付けられたとな。そのときおれもそうかと考えていた」

「あの春画は、大目付様のもとに送りつけられたのと、立て札に貼ってあったもの以外は、表に出ていないはず。春菜さんが見たものは、立て札から剝がしてきたにしては都合がよすぎます。ということは、なぜに勘定奉行の若槻様がそれを持っておられたのか？」

「自分たちで刷った以外にないからな。やはりそうなのか、大雅堂利左衛門？」

丈一郎の問いが、利左衛門に向いた。だが、利左衛門の言葉はない。代わりに、がっくりとうな垂れる姿があった。

「それとこの者たちは、安西様ではなく、間違いなく若槻の家臣だ。顔に覚えがあると、この者が言っている」

徒目付一人の腕をもち、天野が曲げようのない証拠をつき付けた。

「しかし、間もなく親戚になろうとしている家を、なぜに貶めようとしたのだ？」

「さあ、そこまでわたしは。天野様が直々にお調べになっていただけますでしょう」

丈一郎の問いに、音乃は首を傾げて考える。さすがに、そこまでは読んではいない。

「夜中一晩かけても、暴くつもりだ」

大身旗本を監察するのが、幕府目付の役目である。

天野の威厳のこもる言葉に、音乃たちはこれ以上踏み込む身分ではないと、引き上げることにした。

利左衛門も侍たちと共に、天野の手により引き立てられることとなった。ゆえに、残念ながら長八の手柄になりそうもない。

外に出ると、十六夜《いざよい》の満月が空に浮かんでいる。宵五ツを報せる鐘の音が、遠く聞こえてくる。余韻の響きからして、日本橋石町《こくちょう》の時の鐘であった。

七

翌日の、夕刻七ツ半過ぎ――。

音乃と丈一郎は、大目付井上利泰の屋敷へと呼ばれた。屋敷の門前に組まれた竹矢来は、昼ごろに撤去されている。むろん、利泰に対する罪は放免となっていた。

いつものように、門番が二人立っている。

「大目付様に呼ばれました、巽と申します」

「うかがっております。こちらへ……」

門番の一人に玄関まで案内されると、出迎えたのはすっかり元気を取り戻した春菜であった。今朝の内に、船宿舟玄から屋敷へと戻っていた。

「おかげさまで、このたびは……」

感極まるか、春菜の声はくぐもっている。

「お屋敷にお戻りになられて、本当によかったですね」

「これもみなさまのおかげと、どんなに感謝しても足りません」

「もったいない、お言葉。どうぞ、お手を上げてくだされ」

板間に拝する春菜を、丈一郎が気遣った。

「父上もお待ちかねです。それと、お客様も……さあ、お上がりになってくださいませ」

春菜の案内で、客間へと通される。

「父上、お連れいたしました」

襖越しに、春菜が声を通した。

「おお、来たか。これへ入ってもらえ」

春菜の手で、襖が開けられる。

「これは……」

音乃と丈一郎は、一歩部屋に入ると同時に、その場で平伏をした。笑みを浮かべた二人の顔が向いていたからだ。

井上利泰が正面上座に、目付の天野又十郎が、向かって右側に横向きとなって座っている。

　幕府の要人がそろっていようとは、思ってもいなかった。音乃と丈一郎も驚かざるを得ない。だが、それで声を発することはなかった。

「こたびは、二人にずいぶんと助けられた。直《じか》に礼を言わねばならんと思って、目付どのにも来てもらった。まずは、頭を上げなされ」

　畳に拝する音乃と丈一郎に向けて、大目付の井上利泰が言葉をかけた。

「昨夜はご苦労であった。さすが、北町奉行の榊原殿だ」

「すると、お奉行様にこのたびのことをご依頼なされたのは……？」

「あの卑猥な絵が届いたときは、わしの頭の中は真っ白となってな。どうにかせねばと対処を考えていたとき、脳裏をよぎったのは音乃の顔であった。しかし、私的なことなのでな公にはできんと、秘密裏でもって榊原殿に相談をかけたのだ」

　互いに北町奉行の榊原を介さぬ限り、直に会うことはできない立場であった。

「その隔たりのために、中村雪弥と秋田屋の新造にはかわいそうなことをしてしまった。もう少し早く、互いの疎通ができていら、こんなことにはならなかったかもしれん」

しんみりとした、大目付の口調であった。それに対しては同感と思うか、音乃に返す言葉はなかった。

「さて、それはともかく、このたびの事件だが……」

背筋を丸めていた利泰の体が毅然と起き直り、大目付の顔つきとなった。

「その真相を聞いてもらいたく、二人に来てもらった。それについては、目付どのから語ってもらおう」

目付の天野が、利泰の言葉を引き継ぐ。

「やはりこの件の黒幕は、音乃どのの推察どおり、勘定奉行の若槻依近であった。きのう、音乃どの言づけを聞いて富楽斎の家に赴いたが、まさか下手人を捕らえていようとまでは思わなかった」

昨日、大雅堂を出てから天野の屋敷を訪れたが、むろん帰ってはいなかった。音乃は、家人に短い書簡を托した。『今夜宵五ツごろ　日本橋横山町尾上富楽斎の家に来られたし』とだけを認めておいた。

「半信半疑で手下を伴ったが、そこでは何もなくとも、昨夜中に若槻依近の屋敷には乗り込む手はずであった」

いずれにしても、若槻を捕らえるつもりではいたらしい。

「昨夜、若槻が全てを白状してな。おおまか、音乃どのの調べと相違なかった。だが、それだけではなく思わぬことが判明した」

「思わぬことと申しますのは？」

音乃の問いに、利泰が苦渋を宿した表情を向けた。

「やはり、若年寄の安西様が深く絡んでおった」

そして、利泰の口から真相が暴かれることになる。

「勘定奉行の若槻は、わしの座を狙おうと、安西様にかなりの賄賂《わいろ》を贈り摩《す》り寄っていたのだ。しかし、安西様はなかなか動かない。すでに二千両以上といった金が渡っていたが、そんな大金いくら勘定奉行とはいえ、おいそれとは賄《まかな》えるのものではないぞ。その金の出どころは、やはり大雅堂利左衛門からのもの。そうであるな、目付どの」

「はい。利左衛門が、若槻の賂《まいない》資金の後ろ盾になっておりました」

利泰の話を、天野が引き継ぐ。交互の語りに、音乃と丈一郎の顔は左右に振れる。

「しかし、無尽蔵に金があるわけではない。次第に若槻への送金は底をついてきた。そこに焦りを感じた若槻は業を煮やし、強行手段に打って出ることにした。金がなくなる前に、大目付に就任しようと目論《もくろ》んだのだな。その経緯は、こんなことであった」

　天野の語りは、四年ほど前に遡《さかのぼ》る。

　若槻家出入りの地本問屋大雅堂利左衛門が、絵師の尾上富楽斎を上方から連れてきたのは、およそ四年前のことであった。

　それから半年ほどして、若槻依近に引き合わせた。

　初めて富楽斎と会ったとき、若槻は、このようなことを訊いた。

「――おぬしは、春画というものを画けるか？」

「いいえ、画きまへん」

「おや、上方の者か？」

「はい、御前様」

　若槻依近の問いに答えたのは、利左衛門であった。

「手前が、上方から連れてきました。この富楽斎は、五十年に一度出てくるかどうかの逸材、錦絵などといった下種《げす》なものは画かせません。そんなことで、大雅堂で扱うよりも、手前自身の手で面倒をみております」

　欲が絡み、富楽斎の作品を、利左衛門は個人のものとするつもりであった。

「ほう、それほどの者か」

「はい。富楽斎が画いた絵は、まさにお宝。とくに全国各地の『浮世舞台　橋桁百景』の肉筆画は……」

「当家にもあるな。たしかに、優れた絵だとわしも感じている」

「御前様の目利きは確かなもの。そのうちの二枚を、百両でお買い求めいただきました」

「そうであったな。『羽根倉橋《はねくらばし》雪ノ絶景』あれは、安い買い物をしたと思った」

「今後は、どんどんと値が張ってくるものと」

「ならば大雅堂……」

「はい」

「ただやたらと売り捌いて小金を稼ぐよりも、もっとでかいことをしようとは思わぬか？」

「それは、せっかく商人に生まれてきたのですから」

「ならば、お城出入りの絵師に、富楽斎を育ててみぬか？」

「お城と申しますと？」

「いわずと知れた、上様の住むお城よ。柳営《りゅうえい》出入りの、絵師ってことだ」

「柳営出入りですか……？」

「左様」

柳営とは、漢書の故事にある言葉で将軍の軍営を意味し、将軍家とか幕府と同義語で使われる。

若槻の提案を、利左衛門と富楽斎も驚いて聞いた。

「それは、夢のようなお話で」

「今は夢であろうが、富楽斎の腕をもってすれば、夢も現実となろう。そのためには、わしも勘定奉行などにのほほんと燻《くすぶ》っているのではなく、もう少し上の地位につかなくてはならんがな」

「と申しますと……？」

「最低でも大目付までには、ならんといかんであろう」

このとき若槻依近の胸の中は、勘定奉行では飽き足らなくなっていた。老中までも動かせる、将軍に近侍《きんじ》する御側衆《おそばしゅう》筆頭の『御側御用取次《おそばごようとりつぎ》』か、大名・高家監察の大目付の地位を狙うという、野望がすでにでき上がっていた。

「わしが懇意にしていただいている若年寄に、安西勝重様というお大名がおってな。そのお方に、少々の金を積めばいかようにも便宜を計ってくれるであろう。今すぐとは叶わぬが、近い将来利左衛門は大奥出入りの地本問屋となり、富楽斎は千代田のお城に、襖絵を描き残す絵師になることは請け合いだ」

「なにとぞ、よしなに」

「わて、どんどん絵を画きますわ」

この提案に、利左衛門と富楽斎が乗った。

それからというもの金を作るために、二人は根《こん》を詰めた。

富楽斎は各地を巡って絵の題材を仕入れてきては、家に閉じこもり肉筆の仕上げに没頭した。

富楽斎の面倒をみながら利左衛門は、大雅堂とは関わりなく陰で肉筆画を売り捌き、その売上金を若槻依近に献上した。

それから三年ほどが経ち、若年寄の安西勝重に渡った金はおよそ二千両。

「安西様、そろそろ動いていただけませんでしょうか？」

打診をするも、安西は小さく首を振る。

「まあ、もう少し待て。今は、その時期になってはおらん。大目付に、一人欠員ができぬとあかんからの」

「いつごろまで、待てばよろしかろうと？」

富楽斎の画く絵が遅筆で、賂資金に追いついてこない。このころ若槻には、焦りが生じてきていた。

「あと、半年……いや、三月」

それから三月経っても、安西はまったく動こうとしない。すでに、貢いだ金は都合二千五百両は超えている。そして、さらに二《ふた》月が経ち若槻は安西に迫った。

「いかなる按配になっておられるのやら？」

若年寄に対する口調ではない。若槻の堪忍も限界に達していた。のらりくらりとした安西勝重の物言いに、これまでの貢ぎが台無しになると、徐々に怒りの感情が湧いてくるようになった。

「若槻を大目付に抜擢するには、わしが老中にならねばならん。だが、今の老中はみな丈夫であってな、なかなかくたばりはせん」

この言葉で安西の本心を察した若槻依近は、とうとう堪忍が堪えられなくなった。

――おのれ、誑《たぶら》かされたか。

安西に対しての憤りが憎悪となって燃え上がったのは、まさにこの瞬間であった。

「こうとなったら、手段を選ばず大目付もろ共……」

若年寄の安西までも落とし込めようと、若槻は利左衛門を前に小声で決起を語った。

「倅《せがれ》の依貞を、大目付井上利泰の三女と結びつけようかと思う……いや、形だけな」

すでにこのときから、若槻の頭の中では春画によって井上利泰を失却させる図が描かれていた。

「そこでだ……富楽斎は、春画というものを画けるか？」

「いえ。それはむしろ、画かせないことにしております」

「以前はそう言っておったが、ここは画かせよ。錦絵にしてな……」

「ですが錦絵にするには、彫師と摺り師がいなければなりません」

「わしに、考えがある。職人なんぞそんな者は、利左衛門ならいくらでも連れて来られるであろう」

「はあ。職人なら、いくらでもおりますが。ですが、刷る場所が……」

「わしの私邸でどうだ。使っていない開かずの部屋が、いくらでもある」

「ですが、富楽斎がなんというか？」

「富楽斎の思いなどどうでもよい。無理矢理にも連れてきて、画かせるのだ」

若槻の手の者によって富楽斎は、新大橋近くの若槻の私邸に軟禁され、春画の元絵を画かされることとなった。

音乃は、天野の話をうなずきながら聞いていた。

富楽斎の口から出たと思われる『でへん』というのは上方言葉で、やはり春画への抵抗であったと知れた。そのときに、連れ去られたということも――。

天野の語りは、まだまだつづく。

「春画を画き上げたあと富楽斎を、浜町の大川端で殺害したのは若槻依近の、配下の手によるものであった。この殺害には、利左衛門は関わりがなかった。富楽斎が死ねば、利左衛門の野望はそこで潰《つい》えるからだ。だが、若槻としては、もう利左衛門からは血が吸えないと踏んでいた。それよりも、口封じのほうが大事であった。富楽斎を殺したあと、若槻はさらに利左衛門を脅したのだ。一蓮托生だとな」

天野の語りは、一気に松姫と中村雪弥の関わりへと移っていく。

「当初若槻は、大名家の息女と歌舞伎役者の密会を春画にして、若年寄の失脚を狙おうとしていた。中村座に出入りする利左衛門に命じて、安西勝重の三女である松姫と雪弥を結びつけた」

その企てが覆《くつがえ》ったのは、利左衛門が富楽斎と松姫を連れて、中村雪弥の楽屋を訪れた春菜を見たときであった。

「――あの女は誰じゃ？」

役者の楽屋には、贔屓といえど滅多に近づくことはできない。松姫は嫉妬を利左衛門にぶつけた。春菜を楽屋に案内した座員の口から、利左衛門はその名を知ることになる。

利左衛門から話を聞いた若槻依近が、喜んだのは言うまでもない。若年寄と大目付を、同時に貶《おとし》めることができる策を思いつく。

松姫の心中と春菜の春画。その両方に、中村雪弥を絡《から》ませる。

「──これこそ、一石二鳥」

ほくそ笑みながら、依近が口にした。

天野の口ぶりも、怒り心頭に発しているか、声に震えが帯びている。

「十四日の夜中、江戸の市中七個所に、あの忌まわしい立て札を立ておったのも、若槻依近と大雅堂利左衛門の差し金であった」

「どこまでも、卑怯な奴らだ」

それによって、娘の春菜が心に大きな傷を負った。利泰の、悔恨こもる口調であった。

そして、若槻は最後の手を打つ。自らが、中村座の向かいにある茶屋に、松姫を誘った。

音乃と丈一郎が見た錣頭巾の武士は、若槻依近そのものであったのだ。側近の侍たちも、みな若槻の家来たちであった。

その夜、松姫と雪弥と添わせ、心中に見せかけて殺す段取りであったが、それは思いとどまることにした。丈一郎の大雅堂への探りを伝える利左衛門の来訪で、富楽斎殺害を知られることを恐れた依近が、己の身に危険を感じたからだ。

「これまでを知りすぎた雪弥を生かしておいては、危うい。事は、急がねばならんし……」

このとき若槻依近は、中村雪弥の殺害までも考えていた。

「しかし、今宵の雪弥と松姫の心中が駄目ならば、ほかに手立てを講じなくてはならんな」

一方の利左衛門は、秋田屋お里の口の軽さが怖いと考えていた。それが、依近に伝わる。

「そうか。ならば、雪弥とお里を……」

ここで依近と利左衛門の思惑が一致する。哀れにも、二人とも目の上の瘤《こぶ》となった。

その二日後、お里を駕籠に乗せ、利左衛門が向かったのは若槻依近の私邸であった。

そこで中村雪弥に引き合わされたのは、お里にとって人生最上の喜びであった。だが、それも束の間で、死の底へと突き落とされる運命が待ちかまえていた。

これがお里・雪弥の心中と見せかけた、殺害の経緯であった。

天野は長い語りを終えると、ふーっと一つ大きな息を吐いた。その顔に、無念さが宿っている。

「……お里ちゃん、本当にごめんなさい」

真実があきらかになって、しばらく音乃の涙が止まらない。その頭上に向けて、利泰が語りかける。

「音乃。若年寄の安西勝重様は幕閣を退かれ、小藩へと移封になるであろう」

利泰のあとを、天野が継ぐ。

「若槻依近には切腹の命《めい》を下し、家は末代に至るまで廃絶となるよう、お上《かみ》に言上《ごんじよう》するつもりだ。父親の依近から、事の経緯をまったく知らされてなかった倅の依貞は、本気で春菜さまと結ばれようとしていた」

「それが春菜にとって、唯一の救いであった」

無念さを顔に滲ませ、利泰が言葉を添えた。

「依貞には咎めがないが、家督を没収されては浪人になる以外にあるまい」

目付の立場で、天野はすべてを語り終えた。

「そして利左衛門に関しては、北町奉行の榊原殿が重い処罰を下すであろう。小塚原に、その首が晒されるのも数日後のことだ」

利泰が溜飲《りゅういん》を下げるように、語りを閉じた。


女を春菜に見立てた春画が作られたことの、これがすべての真相であり、経緯であった。

目尻に手布をあてたまま、音乃は口にする。

「いずれ、大雅堂利左衛門も若槻依近の手によって消される運命にありました。それはおそらく、あの場でわたしを殺したあとで……」

一呼吸の間をおき、さらに音乃はくぐもる声音で言葉をつづける。

「大目付様というのは、そうまでして成りたいお役目なのでございましょうか？」

音乃が、涙ながらに利泰に問うた。

「若槻依近というのは、まったく卑劣で馬鹿な男だ。幕閣というものを、まるで分かっておらん。寝る間もなく働き、胃の腑が痛むほど気を使わればならぬのが大目付というものだ。こんな激務である役目を引き受けたいと思う者がおったら、いつでも替わってやる。人を殺《あや》めたり、貶めたりして就くような役職では、断じてない！」

憤りの感情を露《あらわ》に、井上利泰は言い放った。

「それにしても、憎きは若槻依近と大雅堂利左衛門。いずれも無間《むげん》地獄で、未来永劫にわたって悶絶するほどの苦しみを味わうがよい」

井上利泰の怒りは、しばらく治まりそうもない。

——真之介さま、もう間もなく悪党どもがそちらにまいります。

無間地獄と聞いて、音乃の脳裏に亡き夫真之介の姿が甦《よみがえ》る。若槻依近と大雅堂利左衛門の裁きは閻魔に任せようと、音乃は静かに腰を浮かせた。

時代小説

二見時代小説文庫

天女《てんにょ》と夜叉《やしゃ》　北町影同心《きたまちかげどうしん》 8

著者　沖田正午《おきだしょうご》

発行所　株式会社 二見書房
東京都千代田区神田三崎町二-一八-一一
電話　〇三-三五一五-二三一一［営業］
　　　〇三-三五一五-二三一三［編集］
振替　〇〇一七〇-四-二六三九

印刷　株式会社 堀内印刷所
製本　株式会社 村上製本所

落丁・乱丁本はお取り替えいたします。
定価は、カバーに表示してあります。

 ISBN978-4-576-18058-8
http://www.futami.co.jp/

早見俊

居眠り同心 影御用 シリーズ

閑職に飛ばされた凄腕の元筆頭同心「居眠り番」蔵間源之助に舞い降りる影御用とは…!?

以下続刊

① 居眠り同心 影御用 源之助人助け帖
② 朝顔の姫
③ 与力の娘
④ 犬侍の嫁
⑤ 草笛が啼《な》く
⑥ 同心の妹
⑦ 殿さまの貌《かお》
⑧ 信念の人
⑨ 惑いの剣
⑩ 青嵐《せいらん》を斬る
⑪ 風神狩り
⑫ 嵐の予兆
⑬ 七福神斬り
⑭ 名門斬り
⑮ 闇の狐狩り
⑯ 悪手《あくしゅ》斬り
⑰ 無法許さじ
⑱ 十万石を蹴る
⑲ 闇への誘い
⑳ 流麗の刺客
㉑ 虚構斬り
㉒ 春風の軍師
㉓ 炎剣《えんけん》が奔《はし》る
㉔㉕ 野望の埋火《うずみび》（上・下）
㉖ 幻の赦免船

二見時代小説文庫

氷月 葵

御庭番の二代目

シリーズ

将軍直属の「御庭番」宮地家の若き二代目加門。
盟友と合力して江戸に降りかかる闇と闘う！

以下続刊

①将軍の跡継ぎ
②藩主の乱
③上様の笠
④首狙い
⑤老中の深謀
⑥御落胤の槍

婿殿は山同心

①世直し隠し剣
②首吊り志願
③けんか大名

完結

公事宿 裏始末

①公事宿 裏始末 火車廻る
②公事宿 裏始末 気炎立つ
③公事宿 裏始末 濡れ衣奉行
④公事宿 裏始末 孤月の剣
⑤公事宿 裏始末 追っ手討ち

完結

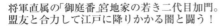